BEST OFF

Elisabeth Brück

MARY PLOTFIRE

1. Fall: Stimmen der Tiefe

Kriminalroman

Bibliografische Information der Deutschen Bibliothek:
Die Deutsche Nationalbibliothek verzeichnet diese Publikation
in der Deutschen Nationalbibliografie; detaillierte bibliografische
Daten sind im Internet über dnb.d-nb.de abrufbar.

1. Auflage 2015

Umschlaggestaltung: www.birgit-kempke.de
Satz: Patricia Knorr-Triebe
Layout: www.birgit-kempke.de
Foto der Autorin: Kreativteam: Fotograf Alexander Weiß
& Make up Artist Susanne Luckas
Herstellung: Patricia Knorr-Triebe
Lektorat: Marion Busch

Printed in EU

ISBN: 978-3-942427-99-9

Postfach 12 03 47
D-93025 Regensburg
Tel. +49 (0) 9404 / 96 14 84
Fax +49 (0) 9404 / 96 14 85

E-Mail: info@best-off-verlag.de
Homepage: www.bestoffverlag.de

»Die Kunst ist eine Tochter der Freiheit«

Johann Christoph Friedrich von Schiller (1759-1805)

Hinweis:
Die Autorin betont, dass geografische Angaben ihrem Gutdünken entsprungen sind. Das Buch eignet sich nicht als Reiseführer oder geschichtlicher Ratgeber.

Alle eventuellen Ähnlichkeiten mit lebenden Personen sind rein zufällig und von der Autorin nicht beabsichtigt.

Alle Details in diesem Buch sind ein Teil dieses Wintermärchens/Krimis und frei erfunden! Dieses Kreuz gibt es wirklich in der Gemeinde Hülzweiler Saar. Allerdings wurde das Kreuz zum Gedenken an die Opfer des 1. und 2. Weltkrieges erbaut. Eine Gedenkplatte aus Bronze trägt die Inschrift:

Zum Ehrenden Gedenken an die Opfer der Kriege.
1914-1918
1939-1945
Zur Mahnung an die Lebenden
hat die Gemeinde Hülzweiler diese Stätte errichtet.

Vorwort von Mary Plotfire

Liebe Leserinnen, liebe Leser, Saarlandkrimi- und Geschichtenliebhaberinnen und -liebhaber,

ich berichte Ihnen heute von einem Fall, den ich mir als Kriminalhauptkommissarin nie hätte träumen lassen. Apropos Traum. Ich bin eine erfundene Figur. Gutaussehend, nicht alternd und mit einem Hang zu Kriminalgeschichten, wie sie eine ältere Dame mit schneeweißen Haaren, vielen von Ihnen bestens bekannt, auch erlebt hat. Genau genommen bin ich eine Mischung aus Miss Marple und Marylin Monroe.

Ich trage roten Lippenstift. Welche Tönung? Wie das Blut der meisten Opfer. Einen schwarzen Hut, wie sie viele italienische Verbrecher direkt nach ihrer Erschießung auf dem Boden liegen lassen. Mein Hut gehörte übrigens meinem Lieblingsverbrecher. Der wurde allerdings nicht erschossen. Er hat seinen Hut an einem Ufer der Saar abgelegt, mit einem Brief für mich darin. Den Inhalt dieses Briefes erfahren Sie im zweiten Buch.

Meine Autorin hat sich, ohne es mit mir abzusprechen, für diese schwarzen aus der Mode gekommenen Klamotten für mich entschieden. Dafür bin ich ihr sehr dankbar. Zu meinem Al-Capone-Hut und den roten Lippen hat sie mir noch diesen schwarzen Trenchcoat und die schwarzen spitzen Pumps verpasst. Dieses Outfit spart einfach Zeit und Worte. Ich bin nicht im Trend, Gott sei Dank, und Sie wissen immer verlässlich, wie ich aussehe.

Ach ja, wie ich unterwegs bin, fragen Sie sich. Mein Auto ist eine alte schwarze französische DS, la Déesse. Für alle, die kein Französisch sprechen, die Göttin unter den Citroëns. Das Modell ist Ihnen vielleicht noch bekannt durch die Phantomasfilme, diese wunderbaren französischen Krimis. Auf jeden Fall ist meine DS einfach ein gutes Mädchen, unzuverlässig genau in den richtigen Momenten und verliebt in den Werkstattmeister Otto, aber zu dem kommen wir später noch.

Ich, Mary, bin wie ich bin, und weiß, was ich bin, eine erfundene Figur. Ich liebe es Fälle zu lösen und verbleibe hochachtungsvoll

Ihre Mary Plotfire.
Willkommen in meiner Geschichte!

PS.
Ach ja, sollten Sie mit meiner Figur ein Problem haben – reden Sie mit meiner Autorin – die ist ganz locker, entspannt und freundlich, meistens.

Wir sitzen in unserem kleinen süßen Büro in Hülzweiler, mit Fensterblick zum Marktplatz und den gut gepflegten, weißen Orchideen auf der Fensterbank. Wir, das bedeutet, der dicke Matze – dick liebevoll gemeint – und ich. Matze heißt mit vollständigem Namen Mathias Reeb. Vor uns liegen Fotoschnipsel, die der Kollege Matze aus dem Mülleimer beim Kindergarten gefischt hat. Matze hat im Vorbeigehen auf einem etwas größeren Schnipselteil eine schöne, große, pralle Brust gesehen. Seiner Meinung nach passte die nicht zum Kindergarten. Überhaupt: Was hat ein Sexflyer kurz vor Weihnachten im Mülleimer direkt vor dem Kindergarten verloren und wie kommt der dahin? Draußen tanzen die Schneeflocken und wir beide wünschen uns jetzt einfach mal ruhige Weihnachten ohne ein Verbrechen. Warum nicht einen Schnipselhaufen zusammenkleben und danach zum Plätzchen backen und Geschenke einpacken weiterziehen.

Genau in dem Moment, als Matze diesen Busenschnipsel stolz in das Schnipselbild einfügen will, klingelt das Telefon. Es meldet sich Kollege Bauer, der eigentlich im Urlaub ist und wegen Krankheitsausfall in seiner Abteilung dann doch freundlicherweise den Notdienst am Telefon übernommen hat: „Mary, ich hab hier ‘ne total aufgeregte Oma Kettchen am Telefon. Sie hat uns eine Leiche gemeldet und will unbedingt mit der Frau Hauptkommissarin sprechen.« »Alles klar Bauer, stell durch.« Eine wirklich total aufgeregte Oma Kettchen, allen im Dorf, pardon in der Großgemeinde, bekannte Frau mit einem großen Herz für Kinder, ruft durch das Telefon: »Frau Kommissarin, Sie müssen sofort zum Waldrand kommen. Do, wo dat Kreuz steht, da Kindergarten hat doch heut

Wandertag gehatt …« Ich merke sofort, da stimmt wirklich etwas nicht. Oma Kettchen ist völlig durch den Wind und dieser Mischmasch aus Hülzweiler Dialekt und Hochdeutsch ist ein eindeutiges Indiz dafür, dass es sich hier um ein überregionales Verbrechen handeln muss. Sie erzählt mir, dass sie noch kurz vor dem Kreuz verweilt ist und gebetet hat, nachdem die Kinder wieder weitergewandert sind. Als sie so ganz ruhig vor sich hingebetet hat, entdeckte sie plötzlich einen Abdruck im Schnee, der sich nach oben gewölbt hat. Direkt unter dem Kreuz sozusagen. Sie dachte, sie kann ihren Augen nicht trauen. Aber es sah aus, als würde unter der Schneedecke ein Mensch mit gefalteten Händen liegen und quasi beten. Sie ist ganz ruhig geblieben und auf den Abdruck zugegangen. Dann hat sie vorsichtig erstmal den Schnee von der Stelle, an der sie die angeblichen betenden Hände vermutete, mit ihren eigenen Händen entfernt. Nach etwa zehn Zentimetern gefrorener Erdschicht hatte sie fast einen Herzstillstand. Vor ihr in der Erde sah sie zweifellos Menschenhände, erstarrt, weiß-graublau und kalt.

Plötzlich schreit der Kollege Matze: »Jetzt hab ich es.« In der Tat hatte er es geschafft, die Papierschnipsel zusammenzusetzen.

Das Puzzle ergibt tatsächlich einen Flyer aus dem etwas bunteren, lebendigeren Gewerbe. Sie kennen das Spielchen doch. Diese unseriösen Werbemaßnahmen, weil auch dort die Geschäfte nicht mehr so gut laufen wie früher. Sie hatten doch bestimmt auch schon einmal so eine Werbung auf der Frontscheibe ihres Autos kleben. Meistens klemmen die fleißigen, freien und nicht bezahlten Mitarbeiter diese überaus interessanten und wichtigen Infoblättchen direkt unter den Scheibenwischer. Dann fahren Sie los und ärgern sich, dass Sie dieses Papierstückchen nicht gleich wahrgenommen haben. Jetzt müssen Sie wieder anhalten und das nervende Papierteil von der Frontscheibe entfernen.

Auf unserem zusammengeklebten Papierschnipselflyer aus dem Mülleimer vor dem Kindergarten sehen wir, wie eine gut aussehende, junge Frau mit langen, blonden Locken und bunt geschminktem Gesicht, einen sichtlich mit Chemie und Farbe verseuchten Cocktail trinkt. Unter dem Cocktail steht eine Reservierungsnummer gedruckt und wie von Kinderhand ein Engelchen darauf gemalt. Darunter steht der Name Angela.

Matze ruft hoch motiviert: »Ja, da rufen wir gleich mal an und klären das!« Ich zeige noch einmal schnell auf den Telefonhörer, aus dem wir immer noch die total irritierte Stimme von Oma Kettchen hören. Während Matze sein Puzzlekunstwerk vollendet hat, hat Oma Kettchen mir gefühlte drei Mal ihre Geschichte erzählt.

Plötzlich macht sie eine kurze Pause und holt Luft. Das ist meine Chance zu sagen: »Alles klar, vielen Dank für den Anruf, wir kommen vorbei.«

Matze hat verstanden und greift nach seiner Jacke, ich nach meinem Trenchcoat, er zu seiner Mütze, ich zu meinem Hut und wir stürzen Richtung Tür. Wie immer lässt er mir, kurz bevor wir aufeinanderprallen, den Vortritt. Plotfire und Reeb, das Verbrechen ruft!

Wir fahren mit meiner DS Richtung Hülzweilerer Waldrand. Dort steht schon seit ich weiß nicht wie vielen Jahren ein fünf Meter hohes Kreuz. Zugegeben, dieser Platz hat etwas Romantisches, Mystisches und Unverkennbares. Ich finde ja, dieser Platz sollte als Alleinstellungsmerkmal für Hülzweiler zum einen bei der Tourismuszentrale des Saarlandes und zum anderen in den Locationguide, ein Internetportal für Filmemacher, aufgenommen werden. Hah und jetzt noch dieser Schnee, wäre da nicht gerade eine Leiche, die auf uns wartet, würde ich zu Matze sagen, was für eine wunderbare Idee mal hierher zu fahren. Aber unter diesen Bedingungen bin ich einfach nur gespannt, welcher Anblick uns erwartet. Blut im Schnee erinnert mich immer an Schneewittchen. Wie gut, dass in drei Tagen Weihnachten ist.

Am Tatort angekommen, begrüßen wir erst mal die Kollegen der KTU-Abteilung, die sich trotz des wirklich nicht ansehnlichen Anblicks dieser Frauenleiche noch ein paar Brötchen reinstopfen. Blut im Schnee gibt es keines. Den letzten Bissen heruntergeschluckt, legt unser fleißiger KTUler Franz los: »Also, von selber ist se do nitt hin kumm und se hat dat Nonnekostüm ahn, watt aach ganz ungewöhnlich is.« »Aha« wirft der Kollege Matze ein.

»Jo, keine Spuren von Fremdeinwirkung, kein Geschlechtsverkehr, keine Vergewaltigung – nix, gar nix. Dat einzige Brauchbare is ein sauberer Einstich. Allerdings, ob die Nadelspitz jetza von ihr oder na freemen Hand gesetzt wurde, ist leider ja nit festzustellen. Unn watt jetzta letztendlich gespritzt genn is, kläre ma noch. Soviel zum Thema, da perfekte Mord oder ach nit. Jetzaaa kummen ihr!«

»Danke Franz.« Für alle die kein Saarländisch verstehen – 'jetzaaa kummen ihr' heißt auf Hochdeutsch: Jetzt seid ihr an der Reihe!

Das ist ja wirklich eine schöne Bescherung. War das jetzt Mord oder ein Akt der Verzweiflung? Fakt ist, wir haben keine Spritze, keine brauchbaren Fingerabdrücke, nur einen Einstich. Bingo, wir könnten auch sagen, wir haben gerade ein kriminelles Weihnachten eingeläutet.

Eine Leiche, circa 25 Jahre alt, die wie von Geisterhand hier in Hülzweiler unter dem Kreuz vergraben wurde. Sie trägt ein Nonnenkostüm, es liegt keine nachweisbare Fremdeinwirkung vor. Todesursache muss noch geklärt werden. Was haben wir heute noch so im Angebot: einen Busenflyer aus dem Mülleimer vor dem Kindergarten. Toll, das passt ja alles wunderbar zusammen.

Gerade war unser größtes vorweihnachtliches Problemchen noch dieser Busenflyer und schwups haben wir es zu einem rätselhaften Leichenfund gebracht. Na bravo, das war es dann wohl mit unserem friedlichen Weihnachten.

Ich schaue mir die Leiche noch einmal näher an und meine Gedanken fangen an zu rotieren. Diese tanzenden Schneeflocken auf dem Gesicht der Frau lassen mein Gedankenkarussell sich noch schneller drehen. Wie mag die Frau nur an die Stelle des Waldes gekommen sein? Dieses Bild erinnert mich an Rainer Maria Rilkes Weihnachtsgeschichte vom Christkind, eine traurige Geschichte. Irgendwie spüre ich, dass es Parallelen zwischen diesen beiden Geschichten gibt. Nur dass die Geschichte von Rilkes Christkind schon geschrieben ist, unsere erst noch geklärt werden muss.

»Matze, ich fahre ins Büro, regelst du hier den Papierkram und hältst die Schaulustigen in Schach?« »Ei klar, Chefin!«, antwortet Matze und ich freue mich mal wieder, wie reibungslos wir miteinander arbeiten können. Manchmal jedenfalls.

Im Büro angekommen, setze ich erst mal Teewasser auf. Mann war das kalt da draußen. Drei Sekunden später fällt mein Blick erneut auf den Flyer mit der leicht bekleideten Frau, mit dem – wie Matze findet – schönen, freiliegenden Busen und ihrem bunten Cocktail in der Hand. Spontan greife ich zum Hörer und wähle die unter »Reservierungen hier« gedruckte Nummer. Es meldet sich eine Frauenstimme mit einem seltsamen, französischen Akzent: »Alloo, alloooo, isch bin Miriam – eine feine Madame, nischt zu sprechen für die Moment – aber nett zu treffen – sprechen Sie einfach nach dem bip sonore – und hinterlassen Sie eine message – Dankeee und au revoir.«

Ui, was ist das denn? Naja, was habe ich denn auch erwartet. Dass sie ans Telefon geht und mir erzählt, dass sie im Dorf war und Flyer verteilt hat und sie sich jetzt freut, dass endlich jemand anruft? Mensch, Plotfire. Aber dieser Impuls anzurufen, war ja vielleicht doch goldrichtig. Hab ich mich gerade verhört oder hat sie Miriam gesagt? Auf dem Flyer jedenfalls steht Angela. Seltsam – die Tote lag wie ein Engel im Schnee – Angela. Der Name vom Flyer würde passen.

So, ich habe meine Bürotelefonnummer hinterlassen, mit der Bitte um Rückruf und dem Wunschgedanken, dass sich diese Person bald meldet. Jetzt schalte ich noch meinen Anrufbeantworter ein, greife meinen Mantel und meinen Hut und beschließe kurzerhand, meine beste Freundin Geiira zu besuchen. Sie möchten bestimmt wissen, wieso Geiira Geiira heißt. Eigentlich ist das eine Erfindung von Klausi, ihrem Lover. Nicht weil sie eine Geiernase hat, sondern weil sie Greifvögel aller Arten im Bereich Luftpost abrichtet. Diese sind zum Beispiel auch darauf trainiert, mein Haus zu finden – und so erreichen mich, auch wenn's altmodisch ist, öfter mal Briefe per Flugpost!

Das Geniale ist, dass per Gedankenübertragung die Briefe immer zur richtigen Zeit kommen. Geiiras Gedankenblitze tragen oft zur Lösung des ein oder anderen Falles bei. Wieso? Ganz einfach, weil ich ihr gerne von meinen Fällen erzähle und sie stets auf dem Laufenden halte.

Übrigens, Flugvogel im Trainingslager von Geiira zu sein ist gar nicht so schlecht. Immerhin füttert sie ihre Schützlinge mit fangfrischen Forellen aus einem der drei Teiche vor ihrem Holzhaus. Hexenhaus würde auch passen, bei all den Traumfängern und Geweihen, die vor der Hütte hängen.

Ich steige in meine DS, rücke meinen Hut zurecht, greife in meine Tasche, zücke meinen blutroten Lippenstift von Schanüll, ich hasse billige Lippenstifte, die halten nicht mal einen Fall lang, und ziehe genüsslich meine Lippenkontur nach.

Perfekt, jetzt kann es los gehen – auf zu Geiira, die nicht nur fangfrischen Fisch, sondern auch den besten Pastis der Gegend hat und der macht oft die Birne frei.

Während der Fahrt schießt mir das Bild vom Nachmittag wieder in den Kopf. Diese Frau Mitte 20, hübsch, in einem Nonnenkostüm. Alles was wir haben, ein Einstich! Allerdings lag am Fundort der Leiche und der weiteren Umgebung keine Spritze beziehungsweise kein Besteck. Laut Aussage unseres lieben KTUlers Franz ist der Tod einige Stunden vor der Vergrabung unter der Erde eingetreten. Das passt doch alles überhaupt nicht zusammen. Wieso gerade in der Nähe dieses fünf Meter hohen Kreuzes?

Bei Geiira angekommen sehe ich gerade den Abflug eines echten Geiers. Hübsch ist er nicht, aber das ist ja Ansichtssache, er kann ja nichts dafür, dass er ‘ne Geiernase hat.

Geiira dreht sich zu mir um und begrüßt mich mit der Frage: »Pastis?« Ich nicke und sie weiß, jetzt geht es wieder einmal um einen neuen Fall, der gelöst werden muss.

Geiira ist eine wunderbare Zuhörerin und als ich gerade die Beschreibung des Fundortes der Leiche beende, sagt sie: »Moment mal, du sagst, jemand hat sie in der Nähe beziehungsweise direkt unter einem Kreuz vergraben. Wieso eigentlich vergraben – wurde sie vielleicht begraben?«

Stimmt – dieses Nonnenkostüm, direkt in der Nähe des Kreuzes, das ist bestimmt kein Zufall. Da will uns jemand etwas sagen. Zu dumm, dass auf dem Kostüm hunderttausend Fingerabdrücke sind und an der Leiche selbst nichts Brauchbares an Spuren zu finden ist. Die Blutergüsse der Toten sind schon fast alle gelb, liegen schon lange zurück und haben mit der Todesursache überhaupt nichts zu tun.

Aber wer will uns denn da etwas sagen und vor allem warum? Ich trinke meinen Pastis aus und spüre, dass ich dringend ins Bett muss. Morgen erwartet mich ein langer Arbeitstag mit hoffentlich neuen Erkenntnissen.

Weihnachten steht vor der Tür, wir schreiben den 21. Dezember 2013 und Plätzchen backen kann ich mir dieses Jahr wieder einmal abschminken.

»Danke, Geiira, für den Pastis und den Hinweis zu der Be- und nicht Vergrabung. Du bist wirklich genial. Ich halte dich auf dem Laufenden! Ich muss jetzt einfach mal eine Nacht über die Geschichte schlafen und morgen geht's weiter.«

»Mary, jederzeit. Meld dich, wenn es brennt. Ich bin über die Feiertage zu Hause und Pastis ist noch reichlich da!«

»Danke, ich weiß es zu schätzen.« Schwups sitze ich in meiner DS, winke kurz, hupe zweimal und Geiira verschwindet im, jetzt hätte ich fast Hexenhaus gesagt, in ihrer Hütte.

Auf meinem Nachhauseweg muss ich an Oma Kettchens Haus vorbeifahren. Vielleicht sollte ich anhalten, auch wenn ich müde bin. Einfach kurz klingeln und nach dem Wohlbefinden der alten Dame fragen. Es ist erst fünf vor acht und wenn Licht brennt, besuche ich sie kurz.

Bei Oma Kettchen ist noch Licht an und ich parke direkt vor dem Haus. Die Klingel an ihrer Haustür ist wirklich sehenswert, ein Glöckchen zum Läuten und daneben ein handgeschriebener Zettel mit aufgemalten Blümchen und dem Satz: Trete ein, bring Glück herein – der Herr sieht alles! Moment mal, der Herr sieht alles, das ist sehr gläubig und mir fällt ein, dass die Kirche hier im Dorf im wahrsten Sinn des Wortes den meisten sehr heilig ist.

Oma Kettchen kommt nach zweimal Läuten an die Tür und öffnet mir. »Guten Abend Frau Plotfire, das ist ja 'ne Überraschung. Sehr aufmerksam, aber 'ne Befragung um diese Zeit? Ich freue mich ja, dass Sie zu mir kommen, aber was für eine Geschichte und dat wo Weihnachten quasi vor der Tür steht.«

Tja, Weihnachten steht vor der Tür und in der Küche von Oma Kettchen, in der wir jetzt stehen, riecht es nach dunkel gebackenen Plätzchen. »Herrje, jetzt han ma awer Glick gehatt!« Für alle, die kein Saarländisch verstehen beziehungsweise Saarlouiser Platt schwätzen, pardon sprechen: Jetzt haben wir aber Glück gehabt, sonst wären die Plätzchen verbrannt. Wir setzen uns auf ihre gemütliche Eckbank und Oma Kettchen schenkt mir einen Pfefferminztee ein, lecker.

»Mensch Frau Plotfire, wat wor dat forn Daach.« Auf Hochdeutsch: »Mensch, Frau Plotfire, was war das für ein Tag.«

»Allerdings, Oma Kettchen, da haben Sie recht! Aber jetzt erklären Sie mir doch bitte einmal, warum Sie heute eigentlich an diesem Kreuz waren, und was das mit dem Wandertag des Kindergartens zu tun hat.«

Sie erklärt mir, dass eines ihrer Enkelkinder im Kindergarten ist. Die kleine Lara hat ihre liebe Oma gebeten, Plätzchen und warmen Kakao für eine kleine Pause am Kreuz vorbeizubringen. Aha. Dann erzählt sie mir, warum der Kindergarten überhaupt die Wandertour Richtung Kreuz gemacht hat.

Dieses Kreuz ist nicht einfach nur ein Kreuz, es ist fast so etwas wie ein Denkmal. Angeblich ist an diesem Platz am Waldrand der Überlieferung nach ein Nonnenkloster untergegangen. Wenn man genau an dieser Stelle die Ohren auf den Boden legt, behauptet Oma Kettchen, hört man die Nonnen noch singen. Ich muss mich kurz sammeln: »Was für eine Geschichte. Und da wandern die mit Drei- bis Sechsjährigen hin!«

»Ei joo und dat nit nur die letschen Jor, dat wor schon immer so.« Laut Oma Kettchen war das schon immer so.

»Wie lange ist denn schon immer so?« Oma Kettchen bestätigt mir, dass sogar sie schon mit der Grundschule dort hingewandert ist und jedes Kind im Dorf von dieser uralten Geschichte weiß.

Toll, jedes Kind, aber nicht jeder, der hier im Ort lebt. Jetzt bin ich endlich auch eine Eingeweihte. Danke.

Rasch frage ich noch: »Und haben Sie die Nonnen singen gehört, damals als Kind?« Oma Kettchen schaut mich an und antwortet: »Das können Sie aber glaawen!«, und schenkt mir ein echtes saarländisches Petzauge, das heißt, sie zwinkert mir mit dem zusammengekniffenen rechten Auge verschwörerisch zu.

Die Überlegung von Geiira, dass die Leiche dort nicht vergraben, sondern begraben wurde, könnte tatsächlich stimmen. Einerseits eine romantische Vorstellung, andererseits eine so traurige.

Mein Telefon klingelt und Matze lacht sich fast kaputt: »Mary, du glaubst das nicht, gerade hat eine, oh Mann, … die hat, … also die will sich mit uns treffen … oh.«

»Matze?« Da bricht die Verbindung ab, weil mein Akku leer ist. Toll, auch das noch.

Ich verabschiede mich von Oma Kettchen, die mir liebenswürdigerweise welche von den fast verbrannten Plätzchen eingepackt hat, und düse zum Büro.

Dort brennt noch Licht und Matze erwartet mich schon. Ich steige aus dem Auto und bemerke, dass es ganz schön kalt geworden ist, genau wie in unserem Fall – und es wird bestimmt noch kälter.

Als ich ins Büro komme, traue ich meinen Augen nicht. Matze hat tatsächlich den Schnipselflyer mit dem entblößten Busen auf seinen Spind geklebt und gleich darunter eine Weihnachtspostkarte des Kollegen Hans. Auf der Postkarte von Hans lacht uns eine Palme an und Hans wünscht uns »Frohe Weihnachten« mit den Worten: »Hier ist es warm und die Cocktails sind der Hammer!«

»Mary«, empfängt mich Matze, »wir haben einen Rückruf – von genau dieser Dame«, und zeigt auf den Flyer.

»Hmm, ja und weiter?«

»Naja, sie will sich mit uns treffen und hat gefragt, auf was wir so stehen und ob wir, wenn wir zu zweit kommen wollen, nicht lieber bei ihr vorbeischauen, weil sie viel Spielzeug zu Hause hat.«

»Und was hast du geantwortet?« Matze sieht meine ernste Miene, schiebt seine lachenden Mundwinkel nach vorn und sagt:

»Ei, das wir uns mit ihr nur unterhalten wollen!«

»Und was meinte sie dazu?«

»Ei, das versteht sie – käm öfter vor.« Ich kann es nicht fassen und muss mich bremsen. »Matze, du hast der Frau nicht gesagt, dass wir von der Polizei sind?«

»Ähm, nee, also wenn ich so genau darüber nachdenke, hann ich gesagt, ei gudd, dann kommen Sie doch bitte morgen um 10 Uhr in die Beckerstraße 17, Erdgeschoss, erste Tür links, an der Klingel steht Plotfire.«

»Matz, an der Klingel steht Plotfire, welche Klingel, wir haben keine Klingel an der Tür!« Immer wenn ich das e bei Matze weglasse, bedeutet das, ich bin auf 180.

»Ei joo, aber ich hann gedacht, wenn es sich so normal wie möglich anhört, dann kommt se auch. Irgendwie, glaub ich, war das besser so. Polizei hört sich immer so dramatisch an.«

So langsam schwillt mir der Kamm. »Matz, kann es sein, dass dieser Busen dich völlig aus der Fassung bringt. Du kannst doch nicht ‘ne Zeugin hierher bestellen, ohne ihr zu sagen, dass das hier rein zufällig die Polizeidienststelle Hülzweiler ist. Bist du noch zu retten?« Matze dreht sich um, reißt den Schnipselflyer von seinem Spind, legt ihn auf den Tisch und verlässt völlig beleidigt den Raum.

Na prima, das habe ich ja super hinbekommen. Vielleicht hat er ja recht und die Lady, die für den Flyer eventuell Modell stand, ist wirklich die, die morgen kommt, und mit der Polizei will die wahrscheinlich wirklich nichts zu tun haben. Gott sei Dank wurde vorgestern das Polizei-Schriftschild zwecks Renovierung über die

Feiertage abgehängt. Die Dame weiß somit wirklich nicht, wo sie hereinspaziert, es sei denn, sie war schon mal hier.

Ich sollte jetzt endlich schnell nach Hause und was Ordentliches essen. Die Plätzchen von Oma Kettchen waren wirklich lecker, aber für einen Tag wie heute reicht mir das nicht.

Meine DS steht brav auf dem Parkplatz und wartet auf mich. Das macht sie immer. Ob sie dann auch gerade Lust hat sich fortzubewegen, ist allerdings eine andere Sache. Manchmal hat sie einfach nur Sehnsucht nach Otto, und was bin ich froh, dass seine Werkstatt nur fünf Minuten zu Fuß vom Büro entfernt ist.

Von Otto wollte ich Ihnen ja eh noch etwas erzählen. Jetzt ist es an der Zeit, Sie mit ihm bekannt zu machen. Otto ist ein komischer Vogel, pardon Zeitgenosse. Er schafft es immer, mich selbst in den beschissensten Fällen zum Lachen zu bringen. Egal wie aussichtslos ein Fall ist, er schaut mich mit seinen blauen Augen an, zwinkert kurz, und alles ist wieder gut. Manchmal sind seine Impulse sogar goldrichtig und bringen mich dann auf die richtige Fährte. Sie merken schon, wenn ich einen Fall kläre, arbeite ich mit einem echten Dreamteam zusammen:

Einem gutmütigen, manchmal sturen Matze, der die Region und die Menschen bestens kennt. Einer Geiira, die mir per Flugpost, durch einen ihrer Geier, Nachrichten zukommen lässt.

Mit Otto, dem Automechaniker, der wirklich alles wieder zum Fahren bringt, das Räder besitzt, und der obendrein durch seine manchmal auch verdrehten Lebensweisheiten brauchbare Anregungen liefert. Oh, beinahe hätte ich ein wichtiges Teammitglied vergessen: Oma Kettchen, die wegen jedem Pups bei uns anruft. Auch wenn es manchmal zu Verwirrungen führt, auf Oma Kettchen ist Verlass.

Und ganz nebenbei auch noch mit mir selbst: Mary Plotfire. Die sollte jetzt schleunigst in ihr Auto steigen, nach Hause fahren und etwas Leckeres essen. Meine DS, ihr Fahrverhalten und ihre Vorliebe für Otto haben mich lange genug abgelenkt. Ich fahr jetzt los.

Moment mal, was kommt denn da geflogen, ein Geier, den hab ich heute doch schon einmal gesehen. Der fliegt ja in Richtung zu mir nach Hause. Mein Zuhause ist übrigens ein kleines buntes Gartenhaus mit Garten und Bank vor der Tür, wie es sich auf dem Dorf gehört.

Die Wettfahrt mit dem Geier verliere ich. Auch wenn die DS alles gegeben hat, der Vogel war schneller und sitzt schon wartend auf der Bank.

Ich nähere mich ihm vorsichtig und er schaut mich überhaupt nicht an, als wolle er sagen, Mary, mach voran, ich habe noch andere Kundschaft heute. Oder er hat kapiert, dass ich ihn nicht hübsch finde.

Er streckt seinen Kopf verächtlich nach rechts und ich öffne die Posttasche, greife nach dem Papier und eine Sekunde später rauscht dieser arrogante Vogel auch schon wieder ab. Na, der hat es vielleicht eilig. Tja, dann gibt es halt kein Leckerli, selber schuld. Die übrigen Flugmitarbeiter von Geiira sind da anders, die warten immer schon regelrecht auf den Happen. Aber dieser ist neu und vielleicht weiß er es nicht besser. Oder er ist doch arrogant oder ein Streber. Vielleicht ist er einfach nur unsicher. Mmmhh, wir werden sehen.

Ich falte das Papier auseinander und traue meinen Augen nicht. Geiira hat mir einen Zeitungsartikel aus dem Internet ausgedruckt. Der Artikel ist aus dem Luxemburger Moin-Moin-Blättchen: »Ass de Mäerder ënnert de Kutt?«,[*] lautet die Überschrift des Artikels, den Geiira mir ausgedruckt hat. Ganz nebenbei: Das ist Luxemburgisch und Luxemburgisch ist eine eigene Sprache. Viele denken, Luxemburg gehört zu Frankreich, weil die Amtssprache Französisch ist, aber nee, glauben Sie mir, es ist ein eigenständiges Land mit einer eigenständigen Sprache. Die Kollegen in Luxemburg lernen glücklicherweise Französisch und Deutsch in der Schule. Wow, ich kann nicht glauben, was in diesem Artikel steht.

Die vorgestern tot aufgefundene Isabella B. wurde nach Angaben des Pressesprechers der Polizei Luxemburg Münje vermutlich ermordet. Die Tote trug ein Nonnenkostüm. Die Ermittlungen haben ergeben, dass ein Mönch des Ordens des Heiligen Josef schon öfter Damen aus dem Milieu aufgelauert hat, um sie bekehren zu wollen. Der Mönch steht unter dringendem Mordverdacht. Über den näheren Tathergang darf die Polizei noch nichts sagen.

Puh, das ist ja ein Ding. Aber ich muss jetzt erstmal etwas essen. In meinem Kühlschrank liegen noch gebackene Apfelpfannkuchen und die wandern jetzt sofort in den Toaster. Mann war das lecker. Warme Apfelpfannkuchen sind fast so gut wie Pastis. Wie ich darauf komme? Ein gefüllter Magen macht die Birne frei. Vielleicht ist diese Information jetzt ein Weihnachtsgeschenk und die schnellste Aufklärung eines unserer Fälle oder ein totaler Fehlalarm. Wir werden sehen, da fahr ich morgen hin, gleich nach der von Matze organisierten Unterhaltung zu dritt. Alles unglaublich aber wahr, gute Nacht.

---

[*] *»Ass de Mäerder ënnert de Kutt?« = »Ist der Mörder unter den Kutten?«*

Von wegen gute Nacht. Der Tänzer über mir gibt keine Ruhe. Er ist ein Marder mit dem Hang zum Steppen und das ohne zerfetztes Huhn oder Mäuseschach. Er ist einfach lustig und froh wie der Mops im Haferstroh. Sämtliche Fallen, natürlich bio, mit Nichttötungseffekt, helfen gar nichts. Da fällt er nicht darauf rein, nee, er ist ja so was von intelligent und vor allem hat er gute Ohren. Sobald er hört, dass ich meine Nachttischlampe anknipse, weiß er, das ist sein Einsatz. Als habe er nur darauf gewartet. Das Ganze dauert genau fünf Sekunden, bis ich den Schrubber, der neben meinem Bett steht, fest gegen die Decke stoße und »Ruhe« schreie. Moment mal, ist er etwa weg? Es ist so still, … wunderbar. Tock. Tock. Tock, tock, tock – tock, tock … Tock, och nee, von wegen.

Dieses Tocken geht mir tierisch auf die Nerven.

Wie war das noch? Was hat die freundliche Fachverkäuferin in dem Esoterikladen neulich zu mir gesagt? Wenn dich etwas nervt, hat es mit dir selbst zu tun. Stimmt! Ich würde auch gerne wieder mal tock, tock, tanzen, aber nicht allein. Vielleicht mit Otto? Aber der würde mir wahrscheinlich wieder irgendeine verdrehte Lebensweisheit während des Tanzens erzählen, mir auf die Füße treten, sich entschuldigen, mit seinen blauen Augen blitzen und verschmitzt lächeln. Moment mal, wie komme ich denn jetzt vom Marder auf Otto. Ach so, weil ich Lust habe, mal wieder zu tanzen. Und nicht allein. Aber mit Otto, wie komm ich denn darauf? So ein Quatsch, oder? Ich merke, wie über diesen Gedanken meine Augenlider langsam schwer werden. Was bin ich müde. Das Tock-tock-tock klingt immer ferner.

Als ich aufwache, werfe ich einen Blick aus dem Fenster und stelle fest, dass ich eingeschneit bin. Super, kein Wetter um mit der DS bis nach Luxemburg zu fahren. Außerdem hat Madame DS gestern Abend kurz vor der Haustür für Sekunden den Geist aufgegeben, ein deutliches Zeichen, dass sie Hilfe von Otto braucht. Darauf muss sie jetzt aber noch warten.

Während ich die Kaffeemaschine in Gang bringe, muss ich über mich selbst schmunzeln. Bin ich gestern tatsächlich mit Gedanken an Otto eingeschlafen? Und jetzt denke ich schon wieder an ihn! Allerdings in der Hoffnung, dass er noch diesen alten Kübelkarren von der Bundeswehr hat. Der hat immerhin Allradantrieb. Nein, Zugfahren ist bei diesem Wetter vernünftiger.

Oder? Nee, Zugfahren nach Luxemburg ist umständlich und dauert ewig.

Wie gern würde ich jetzt mit meinem Kaffee auf der Eckbank den Schneeflocken vorm Küchenfenster beim Tanzen zuschauen. Aber es hilft alles nichts, ich muss in die warmen, von meiner Großtante Maria geerbten Seehundstiefel springen. Ja was denken Sie denn, meine schwarzen Pumps gehen bei dem Wetter gar nicht. Dann ab zu Otto in die Werkstatt, in der Hoffnung, dass er ja vielleicht wirklich noch diesen Kübelwagen besitzt. »Hoffentlich hat der ein Verdeck«, kommt es mir noch in den Sinn, als ich gerade die Tür abschließe. Hoffentlich!

Mann ist das kalt, da jagt man keinen Hund vor die Tür, aber Mary Plotfire, die unbedingt den Fall noch vor Heiligabend lösen will. Wir schreiben den 22. Dezember und ich habe noch zwei Tage, verdammt knapp. Aber ich würde nicht Plotfire heißen, wenn ich den Plot nicht ganz schnell und mit Feuer erkennen würde. Meine Autorin überlässt nichts dem Zufall – auch nicht meinen Namen. Und dem werde ich jetzt alle Ehre machen und nicht rumpiinzen*, weil es kalt ist und mir der rote Lippenstift auf der Lippe friert. Aber Rumjammern ist ja eh nicht meine Art. Und Schanüll ist mit Pflegestoffen und schützt auch vor Kälte, schreibt der Hersteller.

Apropos Hersteller: für alle Gelegenheiten, für unwegsames Gelände und nichts für Weicheier, hat sich wohl der Erfinder des Kübelwagens für die Bundeswehr gedacht. Tatsächlich hat Otto diesen komfortablen Rüttel-Schüttelwagen, natürlich ohne Dach, noch in der Garage stehen. Bevor ich es mir noch überlegen kann, legt Otto zwei Lammfelle über die Sitze. Wieso eigentlich zwei? Ach so, Otto will mit. Na toll. Und auch nett. Rechtlich nicht ganz sauber, aber warum soll Mary Plotfire nicht mal einen Fahrer haben. Ausnahmefall, Scheißwetter und eine Vertrauensperson mit Hang zum Aufheitern – das kann ich gerade richtig gut gebrauchen. Allerdings darf ich auf keinen Fall vergessen, Matze noch Bescheid zu sagen.

Der Fahrtwind ist eiskalt und die Lammfelle aus der Garage ersetzen auf gar keinen Fall die in der alten DS nachträglich eingebaute Sitzheizung. Wobei die ja meistens eh nicht funktioniert. Zum Glück ist Luxemburg nur 'ne gute Stunde entfernt. Und über Land zu fahren, das unter einer tiefen Schneedecke liegt, ist einfach idyllisch, aber eben auch sehr kalt.

Eine Unterhaltung ist leider auch nicht möglich, der Kübelkarren ist viel zu laut. Meine Gedanken kreisen wieder um unsere Tote, die in ihrem Nonnenkostüm ausgegraben so friedlich im Schnee lag. Vielleicht hat sie ja ihre Ruhe gefunden.

**rumpiinzen = rumjammern*

Komische Gedanken Mary, überlege ich gerade und schwups brettert Otto über irgendeinen Gegenstand, der auf der Straße liegt. Ich bin echt froh, dass ich angeschnallt bin, wenn man das so nennen kann. Auf jeden Fall macht es gerade bei mir klick. Sie ist nicht vergraben, sondern begraben worden. Geiira hat vollkommen recht. Aber von wem? Vielleicht von dem Pfaffen aus Luxemburg? Endlich wir sind am Ziel angekommen. Holla die Waldfee, war das ein Ritt!

Die Abtei der Frommen Brüder liegt mitten im romantischen Grund in Luxemburg und zugegeben, auch wenn ich nichts von verschlossenen Türen halte, die Mönche die hier leben, wohnen sehr schön. Der Klostergarten, voll mit seltenen Gewächsen und geheimnisvollen Kräutern, ist jetzt so zauberhaft verschneit.

Ich habe das Gefühl, hier ist die Zeit stehen geblieben. Prompt erzählt mir Otto auch noch, er habe gehört, dass Exorzismus in der katholischen Kirche noch ein Unterrichtsfach ist und praktiziert wird. Vorwiegend allerdings in armen Ländern. Aber Luxemburg ist alles andere als arm und ich kann mir kaum vorstellen, dass so ein Quatsch hier noch praktiziert wird. Oder doch?

Der Chef, pardon, der Patron der Heiligen Brüder, so stellt er sich vor, öffnet uns die Tür zum Kloster und schließt, sehr zu meiner Verwunderung, nicht ab. Bei der Kälte kann ich Otto nicht vor der Tür stehen lassen. Ich zeige dem Patron meinen Kripoausweis, und die Frage, wer Otto ist, wird erst gar nicht gestellt.

Gott sei Dank hat er nicht seinen Blaumann unter der Winterjacke, sondern sehr zu meinem Erstaunen eine ganz normale Jeans. Dann ist er jetzt halt mein Kollege, wieso auch nicht.

Etwas unheimlich ist es schon, in diesen Klostergängen zu wandeln, in denen es wie im Mittelalter nur hohe Kerzenhalter als Beleuchtung gibt. Eine große Eisentür öffnet sich wie von selbst. Moment mal, wo sind denn die Schlüssel? Der Patron lächelt sichtlich stolz über die wie von Zauberhand geöffnete Tür und ich bin einfach froh, dass Otto dabei ist. Ob er mir 'ne echte Hilfe ist, wenn es ernst wird, werden wir hoffentlich niemals austesten müssen. Im Moment ist es einfach nur gut, dass er an meiner Seite ist.

Das Büro des Patrons ist von Sonnenlicht durchflutet, hat große Fenster, keine Kerzen und ein lecker duftender Tee wird im Silberkännchen serviert. Sehr zur Freude von Otto gibt es Plätzchen aus der Klosterküche in Hülle und Fülle. Wunderbar, das können wir nach dieser Hinfahrt wirklich gut gebrauchen. Während Otto Plätzchen in sich hineinstopft, lächelt der Patron mich an und ich stelle meine erste Frage.

»Lebt der in der Zeitung beschuldigte Pater wirklich hier in ihrem Orden? Wir ermitteln gerade in einem Fall, zu dem es eventuell einen Zusammenhang geben könnte.«

»Ja«, antwortet der Patron ganz freundlich.

»Wie lange schon?«

Der Patron räuspert sich kurz: »Wissen Sie, Frau Kommissarin, er hat nicht nur einen anderen Namen, er hat auch leider keine Geburtsurkunde. Wir wissen nur, dass er als Kleinkind auf einmal vor unserer Tür stand. Woher er kommt und warum der liebe Gott ihn ausgerechnet zu uns geschickt hat, wissen wir nicht und es ist auch nicht wichtig. Seine unendliche Liebe zu Gott und seine Dankbarkeit hier im Hause Gottes eine Zuflucht gefunden zu haben, lassen darauf schließen, warum er am liebsten jeden mit diesem unendlichen Frieden bekehren möchte. Ja, wenn ich genau überlege, ist er seit gut 25 Jahren bei uns. Seine ersten Auftritte vor gewissen Etablissements waren nur gut gemeint. Er will diesen Mädchen helfen und sie bekehren.«

»Bekehren?«, platzt es jetzt aus mir heraus. »Stimmt es, dass es noch das Unterrichtsfach Exorzismus gibt?«

Der Patron tut so, als hätte er meine Frage nicht gehört.

»Möchten Sie noch Plätzchen?«, fragt er Otto, der, um den Mund ganz krümelig, abwinkt.

»Entschuldigung, haben Sie meine Frage nicht gehört?«, frage ich ganz freundlich, aber bestimmt, noch einmal.

»Doch, doch«, antwortet der Patron und lächelt weiter. »Wissen Sie, manche Traditionen sind Ansichtssache und werden von dem ein oder anderen anders interpretiert und gelebt. Mag sein, dass die eine oder andere Lehre überholt ist, sie gehören aber dazu.«

»Gehören dazu?«, hake ich mit einem deutlich geschockten Gesichtsausdruck nach.

»Ja, möchten Sie noch Tee?«

»Nein danke, können wir bitte mit dem Pater sprechen?«

»Wenn Sie möchten, aber er ist heute in keiner guten Verfassung. Der Bericht in der Zeitung hat ihn sehr mit genommen.«

»Klar kann ich verstehen, aber ich muss mit ihm sprechen!«

»Gut, ich lasse ihn zu uns rufen«, sagt der Patron und zieht zweimal an einem langen Seil, dessen Ende mit einer Goldquaste geschmückt ist. Wie im Mittelalter, aber immerhin scheint es zu funktionieren – es dauert keine zwei Minuten und der Pater tritt durch die Zaubertür, die sich wieder wie von selbst öffnet, zu uns in den Raum.

Da steht er vor uns und ich sehe einen Menschen, der sich freut, uns zu treffen. Völlig frei und ohne irgendeine Scheu kommt er auf mich zu. Von der angeblichen Mitgenommenheit spüre ich Null.

»Pater Julius, Gott sei mit dir.«

»Plotfire, ähm, Kripo Saarland, guten Tag und das ist mein … Berater für alle Fälle, Herr Schillo. Pater Julius, wo haben Sie sich in der Nacht zum 21. Dezember aufgehalten?«

Otto ist total gespannt, was jetzt passiert. Nichts. Der Patron lächelt und der Pater sagt wie aus der Pistole geschossen:

»Bei Gott, hier in unserem Kloster. Wo ich fast mein ganzes Leben lang schon bin.«

»Na ja, also ihre nächtlichen Ausflüge Richtung …«

Der Pater unterbricht mich. »Sie meinen meine Betstunden vor den hiesigen Puffs?«

»Ja, genau, die meine ich.« Hab ich mich etwa verhört oder hat der Pfaffe gerade Puff gesagt?

»Äh, und wer kann denn bezeugen, dass Sie in dieser Nacht im Orden waren?«

»Ich!«, kommt es unverzüglich aus dem Mund des Patrons.

»Jeder, der das Kloster verlässt, muss das anmelden und die Kameras an Vorder und Hinterausgang laufen übrigens 24 Stunden. Sollte Pater Julius das Kloster verlassen haben, müsste es auf den Bändern zu sehen sein.«

Ich falle vom Glauben ab. Mittelalterliche Fackelbeleuchtung in den Gängen, aber Kameras an den Türen. Hammer! Ein Kloster mit Kameraüberwachung – ich dachte, der liebe Gott sieht alles. Aber Gott und eine Kamera, sprich vier Augen sehen mehr als zwei, stimmt! Wobei in diesem Fall sind es sogar sechs.

»Kann ich bitte die Bänder ab dem 20. Dezember sichten?«

»Selbstverständlich, ich lasse sie Ihnen zukommen!«, antwortet der Patron schon wieder mit diesem unbeschreiblich unschuldigen, sympathischen Lächeln.

»Hier meine Karte«, sage ich noch geistesgegenwärtig, aber auch leicht verwirrt. Diese permanente Freundlichkeit ist unheimlich und wirkt so, ja, bedrohlich.

MARY PLOTFIRE

STIMMEN DER TIEFE

Die Kriminalhauptkommissarin Mary Plotfire wünscht sich endlich einmal ein ruhiges Weihnachtsfest. Aber Pustekuchen! Drei Tage vor Weihnachten wird am Waldrand eine Frauenleiche in einem Nonnenkostüm gefunden. Im Dorf erzählt man sich die Geschichte, dass genau an dieser Stelle des Waldrandes vor langer Zeit ein Nonnenkloster untergegangen ist. Mary hat es nicht leicht. Verschiedene Hinweise führen nach Luxemburg und Trier. Oma Kettchen schießt mit ihrem Handy Fotos am Tatort und Marys Kollege Matze hält jedem sein persönliches, bereits benutztes Stofftaschentuch zum Heulen hin. Zum Glück gibt es noch Geiira, Marys beste Freundin, die nicht nur eine gute Zuhörerin ist, sondern auch den besten Pastis der Gegend zu Hause hat. Pardon, ein wichtiges Teammitglied muss noch erwähnt werden: Otto der Werkstattmeister, der alles auf Rädern zum Fahren bringt und sich auf gar keinen Fall mit Goethe anlegen möchte.

Mary und ihr Dreamteam hoffen, sie können den Fall noch vor Weihnachten lösen.

O du fröhliche … Mary Plotfire, das Verbrechen ruft!

Kriminalroman

ISBN 978-3-942427-99-9

BEST OFF
DER VERLAG FÜR BESONDERE BÜCHER

www.bestoffverlag.de · 14,95 Euro

Otto und ich verabschieden uns mit einem ebenso aufgesetzten netten Lächeln. Bevor wir die Klosterpforte erreicht haben, kommt ein anderer Mönch mit einer Tüte Plätzchen um die Ecke geflitzt, drückt sie Otto in die Hand und sagt:

»Gute Heimreise, vielleicht besuchen Sie uns ja mal wieder?«

Alles in allem sehr eigenartig. Die interne Kommunikation des Klosters – auf den ersten Blick mit Zugseil für Signale eher altmodisch eingerichtet. Doch dann wiederum ausgestattet mit modernen Hilfsmitteln, die keiner sieht. Überwachungskameras an den Ausgängen und Innentüren, die wie von Geisterhand geöffnet werden. Ich bin wirklich sehr gespannt, was auf den Bändern zu sehen ist!

Gerade in den Kübelkarren eingestiegen, auf das Lammfell gesetzt, die Wolldecke um mich geschlungen, klingelt mein Telefon. Matze, klar, wer sonst. Mist, den hab ich voll vergessen.

»Mary, wo steckst du denn? Ich mach mir voll Sorgen. Ich war schon bei dir am Gartenhäuschen und hab gesehen, die DS ist völlig eingeschneit!«

»Hallo Matze, sorry, ich hab dich und den Termin im Büro völlig vergessen. Ich bin in Luxemburg und habe den Mönch, der laut Luxemburger Moin-Moin-Blättchen in einem Mordfall Verdächtigter ist, befragt. In dem Zeitungsartikel steht, die Tote trug ein Nonnenkostüm.«

»Welcher Mönch? Welcher Zeitungsartikel? Mary, ich versteh nur Bahnhof.«

»Der Mönch wird verdächtigt, in einen Mordfall verwickelt zu sein. Die Tote trug ein Nonnenkostüm. Aber ich erklär dir alles später.«

»Woher hascht du diese Informationen?«

»Von Geiira.«

»Alles klar, die Geierpost mol wieder.«

»Ja. Du, wir bekommen noch Überwachungsbänder geschickt, vielleicht finden wir da was, aber ich glaube, der Mönch ist sauber und hat einfach ‘ne Macke, was das Bekehren der Menschen angeht. Und bei dir ist diese Madame erschienen?«

»Hmm, die Madame is nit kumm, und mei Chefin is wie vom Erdbodde verschwunn und nit uffzefinne.«

»Die Dame ist nicht erschienen, na super, dann war dein Vormittag ja auch prima.«

»Aber ich hann recherchiert, die Etablissements in der Gegend hann keine Werbemaßnahmen kurz vor Weihnachten durchgeführt. Die hann all Stammkundschaft und machen All-inclusive-Feschtscher. Aber hall dich fescht, in einem Kostümladen in Trier wurde eingebrochen und ein Nonnenkostüm geklaut.«

»Wie, in Trier, wo hast du das denn her?«

»Ei joo, in Trier, dat wor heute morgen ne Info im Rundfax für organisiertes Verbrechen, wegen dieser Jugendbanden, wäscht doch, die widder unterwegs sinn!«

»Matze, wir sind auf dem Weg nach Hülzweiler, ich bin in einer dreiviertel Stunde da. Trier, Mann, das gibt’s doch alles gar nicht. Ruf den Kostümladen an und klär mal mit den anderen, wann wir weitere Infos von der Gerichtsmedizin bekommen können oder zumindest ein ordentliches Foto, von der Fotostelle.«

»Alles klar Chefin, wird erledigt, sa mol, wer ist eigentlich wir? Wenn ich nit dabei bin?«

»Otto und sein Kübelkarren, erklär ich dir auch später.«

Als wir so über die schneebedeckten Straßen fahren, überkommt mich ein leicht romantisches Gefühl. Eigentlich könnte das alles so schön sein. Wir machen einen Ausflug durch die Winterlandschaft, futtern Kekse, pardon, Plätzchen und trinken gemütlich, wenn wir in der Werkstatt angekommen sind, einen Glühwein und gehen 'ne Kleinigkeit essen. Ist ja kurz vor Weihnachten. Bin ich gerade weihnachtsromantisch, oder was? Mary Plotfire, du bist Kommissarin, hast gerade einen mehr als undurchsichtigen Fall zu klären, und der Mann, mit dem du so romantisch flirten möchtest, schnallt überhaupt nicht, dass es dich gibt.

Stimmt, gibt es mich eigentlich so, wie ich bin? Ich bin, was ich bin. Eine erfundene Figur und vielleicht hat Otto das auch schon geschnallt.

Ein Geschenk habe ich trotzdem für ihn zu Weihnachten. Aber das wird nicht verraten, geht auch nicht, ich weiß es ja selbst noch nicht. Falls ich Weihnachten überhaupt irgendwo bin und ein wenig feiern darf.

Völlig in Gedanken versunken, merke ich, wie Otto einparkt und wir vor der Polizeidienststelle stehen. Mensch, das war flott.

Matze ist gerade dabei, den Schnee auf dem Weg zum Büro wegzuschaufeln. »Tachchen, Matze, Mensch, wie das schneit«, höre ich Otto noch sagen und weg sind sie: er, der Kübelkarren und meine romantischen Gedanken.

Im Büro ist es, Gott sei Dank, warm. Dieser Gott lässt mich nicht mehr los. Wie oft habe ich mich schon bei ihm in den letzten beiden Tagen bedankt. Wahrscheinlich hat er, ohne dass ich es weiß, mehr mit unserem Fall zu tun, als mir lieb ist, Amen.

»Matze, du hast ja Glühwein besorgt!«

»Ei jo, ich han gedacht, den dürfen wir uns mal genehmigen.«

»Hmmm, lecker, wo ist der her?«

»Vom Weihnachtsmarkt vor der Kirch.«

Ich glaube ich brauche Ihnen, liebe Leserinnen und Leser, spätestens an dieser Stelle nicht mehr alles vom saarländischen Saarlouiser Dialekt zu übersetzen. Sie haben sich bestimmt schon daran gewöhnt und wenn nicht, dann tun Sie es bitte jetzt, denn dieser Dialekt ist mir sympathisch. Und überhaupt: Dialekte sind ein wichtiges Gut und sollten erhalten werden. Den Schalter umstellen, das ist doch das Geheimnis.

Wenn wir die Wurzeln nicht verlieren und sie lieben können und dann, wenn es angebracht ist, umschalten auf Hochdeutsch, perfekt. Stellen Sie sich mal vor, die Politiker im Bundestag zum Beispiel würden alle in ihrem Dialekt sprechen. Da wären die ohnehin schon großen Missverständnisse wohl überhaupt nicht mehr diskutierbar. Allerdings für Sie als Bundestagsbesucher wäre die Vorstellung dann wahrscheinlich sehr unterhaltsam und die eine oder andere Rolle würde wohl authentischer rüberkommen.

»Wie lange ist der Weihnachtsmarkt noch?«

»Ei, der is doch immer nur einen Tag.« Stimmt, wie kann ich das vergessen. »Ich wollt die gudd Sach unterstützen und Plätzeer wollt ich kän.«

Apropos Plätzchen, die aus der luxemburgischen Ordensküche, hat jetzt wohl alle Otto. Egal.

»Mary, wir müssen nach Trier, diesen Kostümladen unter die Lupe nehmen, das ist dir doch klar, oder?«

»Ja, du hast recht, ich bin zwar k.o., aber hilft alles nichts, wir müssen nach Trier.«

»Ich geh mal rüber zu Otto und frag, ob er uns den Kübelkarren heute noch einmal leiht.«

»Prima, Matze, danke, gute Idee. Ich besorg die Fotos unserer Leiche. Hast du den Busenflyer noch?«

»Ja, schon eingesteckt!«

»Perfekt!«

Der Kostümladen in Trier ist klein und unscheinbar. Wir sind gespannt, was die Besitzerin Frau Hahn zu berichten hat. Im Laden sieht es aus wie Kraut und Rüben, es müffelt, ist überhaupt nicht aufgeräumt, und Frau Hahn hat eine leichte Fahne, eine dicke, unübersehbare orangefarbene Kunstblume im Haar und ist sichtlich angetan von Matze.

»Na dann mal rein in die gute Stube«, begrüßt sie uns. Ich zücke jetzt erstmal meinen Dienstausweis, der sie anscheinend überhaupt nicht zu interessieren scheint. Vielmehr die Dienstmütze von Matze und Matze überhaupt.

»Mächten Sie einen Schnaps, Herr Wachtmeister und Frau Kollegin?«

»Nein danke, das ist sehr aufmerksam, aber wir sind im Dienst und dürfen nicht!«

Was heißt hier, wir sind im Dienst und dürfen nicht, ich könnte jetzt wunderbar einen gebrauchen, halte mich aber zurück, weil Matze so machomäßig professionell rüberkommen möchte.

»Frau Hahn, wann wurde denn bei Ihnen eingebrochen?«, fragt Matze mit ganz tiefer, konzentrierter Stimme.

»Ei, am 21. Dezember, iich hatte gerade den Laden geschlossen, so gegen 18 Uhr und rums …«

»Wie, rums?« Matze ist immer noch völlig cool.

»Iich war noch im Büro und habe gehärt, dass da jemand ist.«

»Und da haben Sie nichts unternommen?«

»Aber Herr Wachtmeister, iich bin doch nicht mehr die Jiingste, auch wenn man das nicht sieht. Aber meine Krääfte und Nerven sind doch eher schwaach. Iich dachte, beesser die räumen den Laden aus, als dass iich noch Schaden erleide, man weiß ja nie, so als Frau allein«, sagt sie und streckt Matze ihr üppiges, in die Jahre gekommenes Dekolleté entgegen. Der schaut mich völlig irritiert an und fragt:

»Mary, wo sind denn die Fotos?«

»Hmhmhm...In deiner Dienstjackentasche, Matze?« Das ist mal wieder typisch Mann, kaum sieht er nur den Ansatz von Mutter Natur, schwups bin ich die Praktikantin.

»Ach ja, hatte ich völlig vergessen, dass du sie da reingesteckt hast«, grinst er. Ich die da reingesteckt, na super. Männer. So jetzt übernehme ich, das wird mir jetzt zu doof.

»Frau Hahn, jetzt erzählen Sie uns doch einfach mal, wie es dann weitergegangen ist nach dem Rums ...«

»Also iich hatte ja die Tageseinnahmen bei mir in der Handtaschee und bin damit zu Karl in die Kneipe. Hab dann erst mal zweii Schnaps getrunken und dann hat deer Karl die Polizeii angerufen.«

»Wie viel war denn in der Kasse, Frau Hahn?«

»500 Euro.«

»500 Euro! Entschuldigen Sie die Frage, so viele Leute leihen sich Kostüme aus?«

»Naja, wissen Sie, Frau Polizei ...«

Wie bitte, Frau Polizei, die hat ja wohl voll einen im Tee.

»Zum Ausleiihen koommt iimmer noch die Reinigungsgebühr und die Etablissements aus der Gegend brauchen auch iimmer mehr Kostüme für Rollenspielchen und so.«

»Moment mal, Frau Hahn, zur Ihrer Stammkundschaft gehören auch Prostituierte?«

»Jaa, und warum schaueen Sie mich jetzt so komisch aan, Frau Polizei, mächten Sie jetzt doch einen Schnaps?«

»Ja!«

»Nein, Mary, wir sind im Dienst.«

»Matz, ich bin heute schon durch diese eisige Kälte mit einem Kübelwagen nach Luxemburg, dann wieder nach Hülzweiler und jetzt nach Trier. Wenn du nicht willst, dass ich jetzt gleich austicke, gönn mir diesen Schnaps.«

»Alles klar, Mary, ich fahr ja eh nachher«, sagt er und hat endlich wieder seinen Kollegenton drauf.

»Danke für dein Verständnis!«

So, jetzt geht es mir schon besser.

»Frau Hahn, wie sieht denn ihre Zusammenarbeit mit den Damen der physischen Unterhaltungsbranche aus? Bitte beschreiben Sie doch mal, wie das so abläuft.«

»Jaa, Frau Polizei ...«.

»Ich nehme gern noch einen«, unterbreche ich sie. Jetzt hab ich mich schon fast an diese Anrede gewöhnt und außerdem schmeckt der Schnaps superlecker. Auf der Flasche mit der kleinen roten Krawatte steht 1972. Der Schnaps kann unmöglich so alt sein, bei dem Verbrauch von Frau Hahn.

»Frau Polizei, der Schnaps iist tatsächlich von 1972, super Jahrgang!«

Uff, mir ist zum Ausspucken zumute. Aber zu spät, schon geschluckt.

»Jaa, Frau Polizei, die Damen missen ja auch iimmer mehr anbieten, das Geschääft ist nicht mehr so wie frieher«.

Frau Hahn schaut sehnsüchtig auf einen goldenen Bilderrahmen an der Wand. Wenn ich mich nicht täusche, ist sie das selbst. Eine pinkfarbene Federboa um den Hals, lange blonde Haare, 40 Kilo weniger und wahnsinnig attraktiv.

»Wissen Sie, Frau Polizei, hier bei mir fiinden Sie niicht nur das riichtige Kostüm, iich biietee auch so 'ne Rundumberatung aan. Jaa, maan haat haalt so seine Erfahrungen gesammelt und die gibt man auch gerne weiiter.«

Oha, jetzt ist mir einiges klar. Ihnen wahrscheinlich auch.

»Frau Hahn, gab es denn Damen, die sich das Nonnenkostüm ausgeliehen haben?«

»Jaa, gaanz viiele, ist ja ein super Thema!«, grinst sie vor sich hin.

»Frau Hahn, haben Sie Listen oder so etwas, damit wir mal nachvollziehen können, wer wann, welches Kostüm ausgeliehen hat?«

»Ja, aber natierlich, Frau Polizei, noch 'nen Schnaps?«

»Nein, danke. Wo sind die Listen?«

Irgendwie werde ich den Gedanken nicht los, dass hier nicht wirklich eingebrochen wurde, und vielleicht will uns Frau Hahn noch irgendetwas sagen. Abwarten. Da kommt sie schon mit einem großen blauen Samtbuch, sehr hübsch und edel, das hat Stil.

»So Frau … warum sage ich iimmer Frau Polizei zu Ihnen, wie heißen Sie bitte scheen noch einmal?«

»Plotfire.«

»Oh, scheener Name, habe iich noch nie gehärt, aber scheen. Hat Power. Wo kommt der heer?«

»Ach wissen Sie, das ist meine eigene Geschichte, ich bin eine erfundene Figur und meine Autorin möchte, dass ich vor Weihnachten noch schleunigst unseren Fall läse, eh löse. Ich verspreche Ihnen, ich komm noch mal auf einen 1972er-Schnaps vorbei und erzähle Ihnen alles.«

»Ah, Sie sind sähr freindlich, Frau Plotfire, iich freu mich schon drauf. Wie Sie sähen, habe iich ganz ordentlich, für meine Steierberater alles aufgeschrieben.«

Stimmt, Ordnung hat die Gute und auf ihre Lebensgeschichte beim nächsten Schnaps bin ich gespannt. So wie sie spricht, könnte sie aus Polen sein.

Jetzt aber zum Nonnenkostäm, eh Kostüm zurück.

»Frau Hahn, hier sehe ich, dass eine Angela Sonee, das Nonnenkostüm fünfmal ausgeliehen hat. Ist es denn nicht billiger, die Damen kaufen sich die Kostüme?«

»Nee, iich biitte Sie, die haben doch in ihren winzigen Wohnungen oder Kämmerchen keinen Platz.«

»Eh, Matze, bitte zeig doch mal Frau Hahn das Foto der Leiche im Kostüm. Sind Sie bereit, Frau Hahn?«

»Ja siicher, was meinen Sie, was iich schon alles gesähen habe? Jeesuus und Maria, das iist ja die Angela.«

»Sind Sie sich ganz sicher, Frau Hahn, dass Sie diese Frau kennen? Frau Hahn?«

Frau Hahn bekreuzigt sich und trinkt jetzt drei Schnäpse hintereinander. Ihr schießen gerade die Tränen in die Augen.

»Iich habe sie gekannt und sie war ein so liebes Fräulein, nur iiberhaupt niicht geeignet, um in dieser Branche zu bestehen. Soviel iich weiß, war sie ein Waisenkind und ist durch ihren Loverboy mit 14 schon eingestiegen. Diese Jungs loocken die Mädchen mit Liebe, Geld und Wohnung und den Rest brauche iich Iihnen ja niicht zu saagen. Daas hat mit selbstständiger Arbeit niichts mehr zu tun. Aber iimmer hat die Angela, iimmer hat sie so Engelsbildchen im Kostüm vergessen und mir auch von Gott erzählt. Sie hat sogar erzählt sie hat sich im Kloster vorgestellt. Aber die haben sie wieder weggeschiickt, warum wusste sie auch niicht. Ein bisschän verrückt war die Angela schon, aber so liieb und aach, iich bin unträstlich. Daas arme Ding.«

Für einen Moment sehe ich das Gesicht der Toten, und wie die Schneeflocken ihr Gesicht zärtlich küssen. Ihre geschlossenen Augen waren so friedlich und sie scheinte wirklich angekommen zu sein. Das versunkene Nonnenkloster war vielleicht wirklich der Grund. Da wollte sie hin! Das steht fest, hilft mir aber gerade überhaupt nicht weiter. Ich habe schon an dieser verkorksten Eingangstür des Kostümladens und dem Blick von Frau Hahn gespürt, hier bekommen wir wichtige Informationen und ich bin mir ganz sicher, das war noch lange nicht alles!

»Frau Hahn, wissen Sie, wo Angela gearbeitet hat?«

»Ja, aber iich mächt nicht so viel sagen müssen, wissen Sie, iich bin aalt und froh, dass iich so noch arbeiten darf. Das kaann ganz schnell vorbei sein, wenn sie den Herren vor den Kopf stäßen.« Wen sie meint ist klar, die Zunft der Zuhälter.

»Frau Hahn, wir müssen einen Todesfall aufklären. Wenn Sie wollen, dass sich die Zustände ändern, dann sollten Sie uns alles sagen, was Sie wissen.«

»Oh, liebe Frau Polizei, Plotfire, Ihren Einsatz in Ähren, aber Sie wärden an den Zuständen, auch wenn Sie diesen Fall läsen, nichts ändern.«

Tja, da hat sie wohl leider recht, auch wenn ich diesen Gedanken überhaupt nicht teilen möchte.

Frau Hahn dreht sich um und geht auf einen chinesischen, rotlackierten Schrank zu und zückt ein Fotoalbum. Sie schlägt es auf und ihr steigen Tränen in die viel zu stark geschminkten Augen. Eine mit schwarzem Kajal gefärbte Träne knallt direkt auf ein Foto.

»Das sind Sie und ihre Kolleginnen, richtig?«

Sie nickt, und Matze ist mal wieder sichtlich berührt. Frau Hahn tut ihm leid und er zückt ein bereits benutztes, krumpeliges Karostofftaschentuch. Ich traue meinen Augen nicht, aber Frau Hahn greift, ohne den Zustand des Taschentuches wahrzunehmen, zu und schnäuzt kräftig und mit voller Lautstärke rein.

»Da war iich 24 und jung und schän. Iich bin von zu Hause weg, da habe iich ees niicht mehr ausgehalten. Eine Friseurlehre habe iich angefangen. Schäner Beruf, aber hab iich nix verdient. Und daann habe iich Mario kennengelernt. Eer hatte Visionen und Ideen, allerdings niicht mit mir. Eer sagte, er kann mir helfen, eine beessere Anstellung zu bekommen. Und so war es bitteschän, mehr Geld, mehr Luxus und wiissen Sie was, es hat mir Spaß gemacht. Für mich war es das Riichtige, also der Mario und die Art und Weise, mein Geld zu verdienen. Heute ist das nicht mehr wie friieher. Kein Respekt vor den Damen im Gewerbe, aalles muss schnäller, billiger und was weiß iich nicht sein. Die Zeiten haben sich geändert.« Sie klappt das Fotoalbum zu und sagt:

»Verzeihen Sie mir, iich muuss mich jetzt mal hiinlegen.«

Hinlegen, gutes Stichwort.

»Matze, wir fahren.«

»Frau Hahn, bitte halten Sie sich für weitere Befragungen bereit. Ich mache Sie darauf aufmerksam, dass Sie nicht verreisen dürfen, bis wir Ihnen das Ok dafür geben.«

»Liebe Frau Polizei Plotfire, wo soll iich denn hiin?«

Frau Hahn hat kaum ihren Satz zu Ende gesprochen, da klingelt an ihrer Tür das Glöckchen in Dackelgestalt aus Messing. Holla die Waldfee, das weckt sogar 'ne müde Mary Plotfire wieder auf.

Ein gut aussehender, für die Jahreszeit ein wenig zu braun gebrannter, aber sehr gut gebauter Mittdreißiger tritt ein. Frau Hahn dreht sich zu ihm um.

»Weenn man vom Teufel spriicht.« Naja, sieht zwar gut aus der Teufel, aber wenn sie ihn so begrüßt, bin ich mal gespannt, was jetzt noch kommt.

Von Anfang an habe ich ja gewusst, dass dieser Kostümverleih es in sich hat. Der von Frau Hahn sogenannte Teufel schaut uns an und blickt mit einem fragenden Nicken wieder zu ihr zurück. Plötzlich habe ich das Gefühl, ich sollte besser mal mit der Hand Kontakt zu dem unter meinem schwarzen Trenchcoat, am Rockgürtel befestigten Revolver aufnehmen.

Übrigens, Sie kennen doch vielleicht den Film 'Dirty Harry' mit Clint Eastwood, er zückt so ganz lässig 'ne 44er Magnum und ich kann dieses Modell natürlich auch mit einer Hand halten. Ich bin ja auch 'ne erfundene Figur.

Stille. Matze bekommt 'ne Gesichtslähmung, und die Luft zwischen uns allen im Raum könnte man schneiden.

Für ein paar Sekunden weiß ich nicht, was jetzt passiert. Unvermittelt fängt Frau Hahn an zu lachen, dann wandelt sich ihr Lachen plötzlich in Weinen.

»Die Herrschaften siind von der Polizei. Darf iich vorstellen, Frau Polizei Plotfire und ihr Kollege Reeb. Es iist etwas Schräacksliches passiert.«

Dann stellt sie urplötzlich das Weinen wieder ein und sagt ganz nüchtern: »Darf iich vorstellen, Jackomo Lasiwo, freier Unternehmer, unter anderem haat er auch eine Druckerei, falls Sie mal

Phantombilder drucken missen. Oh Gott, Padre mio, oder vielleicht sogar Fotos von deer Angela.« Auf einen Schlag verändert sich das Gesicht von Jackomo Lasiwo.

»Was ist mit Angela, ich suche sie schon seit zwei Tagen, kein Mensch weiß, wo sie steckt!«

Zeit für mich, einzugreifen. »Matze, bitte alles mitschreiben!«

»Herr Lasiwo, Sie kennen Angela Sonee, wissen Sie vielleicht auch ihren richtigen Namen?«

»Nein, ich kenne nur Angela Sonee und ich bin ihr Freund!«

»Ha!«, lacht Frau Hahn kurz zynisch auf. Er lässt sich überhaupt nicht aus der Ruhe bringen und bleibt total cool. Oha, doch ein Teufel in schöner Hülle. Da fällt mir der Loverboy ein, von dem Frau Hahn im Zusammenhang mit der Lebensgeschichte von Angela gesprochen hat.

Klar, das ist er! Er ist so um die 35 und Angela etwa 25. Das könnte passen.

»Herr Lasiwo, wo waren Sie in dem Zeitraum vom 20. bis 21. Dezember? Ich meine die kompletten 48 Stunden ohne Lücken!« Er schaut uns alle drei fassungslos an und sagt:

»Ist das jetzt ein Verhör oder was? Was ist hier eigentlich los? Ich komme hier rein, weil ich meine Freundin suche und jetzt gehen Sie hier ab wie Matzes Lumpi! Wo ist der Respekt dem Steuerzahler gegenüber?«

»Moment mal«, sagt Matze empört, »Matzes Lumpi is schun grad 'ne Beamtenbeleidigung und wenn se jetzt nit uffpassen, gibt's 'ne Anzeige. Verstehn ma uns do richtig?«

Au Backe, da hat er aber den Matze an seiner Polizistenehre gepackt. Allerdings hätte er Plotfirewittchen gesagt, hätte ich genauso reagiert.

Ich muss jetzt einfach einen kühlen Kopf bewahren und die Situation retten:

»Herr Lasiwo, bitte entschuldigen Sie sich bei meinem Kollegen.«

Ich schaue Matze in die Augen und appelliere an seinen gesunden Menschenverstand.

»Und beantworten Sie jetzt einfach meine Frage.«

Frau Hahn lässt sich derweil auf das rote Samtsofa im Laden fallen und sagt:

»Oh Gott, iich glaub iich werd ohnmäächtig.« Na, prima, 'ne richtige Dramaqueen, das können wir jetzt echt nicht gebrauchen. Matze rennt zu Frau Hahn und klascht ihr zart auf die Wangen. Uff, sie ist nicht weg, sondern blinzelt wild mit ihren Augenlidern bei vollem Bewusstsein. Ich drehe mich zu Mister Teufel und beginne von Neuem.

»Herr Lasiwo …«

Da unterbricht er mich und fragt:

»Was ist mit Angela?« Endlich eine Frage, die mir zeigt, dass er doch eine emotionale Bindung zu dem Mädel hat.

»Sie ist tot.« Er schaut mich an und für Sekunden friert sein Blick ein.

»Tot?«

»Ja, Herr Lasiwo, tot! Ich frage Sie jetzt noch einmal: Wo waren Sie in dem Zeitraum vom 20. bis 21. Dezember?«

»In Köln auf einer Messe!«

»Auf welcher Messe?«

»Erotikmesse!«

»Gibt es dafür Zeugen?«

»Ja!«

»Herr Lasiwo, geht das auch ein bisschen flotter?«

»Entschuldigen Sie bitte, Frau Plotfire, so ist doch Ihr Name, aber ich kann das nicht glauben, da bin ich zwei Tage weg und dann ist sie tot!«

Täusche ich mich gerade oder ist der gut aussehende Teufel wirklich geschockt. Naja, umfallen wird er nicht, aber es hat ihn seelisch aus den Schuhen gehauen. Bin mal gespannt, was jetzt noch kommt.

»Herr Lasiwo, Sie sagen, Sie sind mit Angela befreundet.«

Er ist immer noch wie benommen.

»Herr Lasiwo, wie eng waren Sie mit Angela Sonee befreundet.«

Er taucht auf einmal völlig ab und beginnt vor sich hinzureden: »Sie war 14 und ich 24 und wir sind uns auf 'nem Weinfest begegnet. Sie hatte eine große rosafarbene Zuckerwatte vor ihrem bildschönen Gesicht mit den traurigen Augen. Dieses Gesicht hat mich sofort in seinen Bann gezogen und diese traurigen Augen waren wie ein stummer Hilfeschrei. Ich habe sie gefragt, ob sie mit mir kommen möchte, aber sie sagte, sie müsse zurück ins Waisenhaus und sie sei eh schon zu spät dran. Dann habe ich vorgeschlagen, wir könnten uns am nächsten Tag treffen. Haben wir dann auch. Ich habe sie 500 Meter vom Waisenhaus entfernt abgepasst, sie war auf dem Weg zum Dom, weil sie dort beten wollte. Für ihre arme Seele und so. Ich habe das alles nie richtig verstanden. Aber ich habe ihr die Liebe gezeigt, und dass sie damit Geld verdienen kann. Sie ist dann aus diesem verdammten Heim abgehauen und hat sich mit 18 quasi selbstständig gemacht, also angemeldet.«

»Stopp, Herr Lasiwo, wir werden das mit der Selbstständigkeit, sprich mit dem angemeldeten Gewerbe überprüfen. Sie waren also erst ihr Loverboy, haben Sie in die Branche eingeführt, und dann waren Sie ihr offizieller Zuhälter, richtig?«

»Ja! Aber wir sind ein Paar, verstehen Sie. Ich liebe sie. Ich habe sie auch immer gelassen, obwohl ich von diesem Engelskram überhaupt nichts verstehe. Sie hat dann irgendwann gesagt, sie könne nicht mehr in dieser Branche arbeiten und dann habe ich die Druckerei eröffnet und sie hat dort gearbeitet. Allerdings ist sie jede freie Minute in die Kirche gerannt und hat für sich und alle armen Seelen gebetet. Und eine totale Macke von ihr war, sich ein Nonnenkostüm auszuleihen und Kirchenlieder vor dem Spiegel zu singen. Zwischen uns ist schon lange nichts mehr gelaufen, kein Wunder, aber zusammenwohnen war wie … Familie. Sie ist ein Teil von mir.«

»Ein Teil von Ihnen, von dem Sie nicht wissen, wo er die letzten beiden Tage war? Was ist das für eine Beziehung?«

»Herr Gott, Frau Plotfire, ich habe Ihnen doch gesagt, da ist nichts mehr gelaufen, und ich bin auch nur ein Mann.«

»Herr Lasiwo, wer war mit Ihnen in Köln?«

Ich ahne schon, warum ihm das jetzt unangenehm wird.

»Meine neue Geliebte?«

»Herr Lasiwo, wie alt ist Ihre neue Flamme?«

»Fünfzehn.«

»Bitte?« Ich muss mich gerade schwer beherrschen.

»Eva ist fast sechzehn«, sagt er, »und sehr reif für ihr Alter.«

Oha, ein schöner, aber doch etwas einfacher gestrickter Teufel, für den ich jetzt leider auch noch einen Haftantrag stellen werde. Unzucht mit Minderjährigen, das wird unangenehm für ihn werden. Loverboy adé!

Unter meinem Al-Capone-Hut stehen mir meine blonden Haare zu Berge. Ich will einen Todesfall aufklären und hier hängt ein Riesen-Rattenschwanz hinten dran. Super, Mary. Bleib ganz ruhig.

»Herr Lasiwo, abgesehen davon, dass ich jetzt die Kollegen hier informieren werde, die Ihnen eine ganze Menge Fragen stellen werden, dürfen Sie Deutschland ab sofort nicht mehr verlassen. Sie müssen sich zu unserer Verfügung halten. Falls Sie Angela noch einmal sehen wollen, hier meine Karte.« Vor lauter Aufregung habe ich nicht mitbekommen, dass Matze und Frau Hahn wie zwei HB-Männchen kurz vor der Explosion nebeneinander auf dem roten Sofa sitzen. Matze, weil er nicht fassen kann, was für ein dicker Fisch uns gerade ins Netz gegangen ist, und Frau Hahn wahrscheinlich in Sorge, ob dieser Nachmittag für sie bedeutende berufliche Folgen haben wird. Von wegen Nachmittag, inzwischen ist es längst Abend. Es reicht für heute.

Die Nachhausefahrt ist wie befürchtet eine mittlere Katastrophe. Matze und ich können uns nicht unterhalten.

Es ist viel zu kalt und man versteht durch das Klappern aller Einzelteile des Kübelkarrens nur die Hälfte. Morgen ist der 23. Dezember und wir tappen komplett im Dunkeln. Verdächtige ja, Beweise nein, Zusammenhänge möglich – aber, um da ein klares Bild zu bekommen, fehlen einfach die richtigen Puzzleteile.

Prima, Weihnachten fällt wohl aus und die Schneeflocken, die schon wieder die Straßen bedecken, lassen das Bild der jungen Frau, deren Gesicht sie so liebevoll berührt haben, wieder vor meinem inneren Auge auftauchen.

Endlich sind wir auf dem Revier angekommen und beide fix und fertig. Der Kübelwagen ist zwar super bei Schnee, aber ich glaube, in Zukunft bevorzuge ich den Dienstwagen von Matze. Der ist wenigstens geschlossen, und wenn die Straßen geräumt sind, geht es ja irgendwie.

»Matze, ich bringe den Kübelkarren noch zu Otto.«

»Alles klar Mary, ich bin dann weg.«

»Alles klar.« Weg ist er.

In der Werkstatt von Otto brennt noch Licht. Ein kleiner Plastiktannenbaum, kitschig geschmückt, mit blinkenden, bunten Lichtern steht auf seiner Werkbank. Neben dem Weihnachtsbäumchen steht ein Teller voll mit leckeren Plätzchen. Wenn die mal nicht in der Ordensküche in Luxemburg gebacken wurden.

»He Mary, kannst du mir mal den Achter-Schraubenschlüssel geben?«, schallt es auf einmal unter einem alten weißen Käfer hervor.

»Klar! Du verbringst dein Leben auch in der Werkstatt, richtig?«

»Ja, da bin ich halt nicht allein!«, antwortet Otto und schiebt sich jetzt endlich mit dem Rollbrett unter dem Auto hervor.

»Mary, wir sind mit unserer Leidenschaft verheiratet. Das ist doch auch was«, sagt er und grinst vor sich hin. Er hat wohl recht, aber seine wunderschönen blauen Augen funkeln wie zwei Weihnachtssterne und ich muss mich zusammenreißen, um ihn nicht einfach in den Arm zu nehmen.

»Was, verheiratet?«, murmele ich vor mich hin, da nimmt er mich in den Arm und küsst mich auf den Mund. Mir wird so warm ums Herz und ich bin hin und weg. Allerdings dauert dieser Zustand genau eine Sekunde und ich werde wieder wach. Otto liegt immer noch unter dem Käfer. Hab ich das alles gerade geträumt, oder was? Erste Anzeichen von völliger Übermüdung. Jetzt reicht's wirklich.

»Doch überwiegt das Leben alles, wenn die Liebe in seiner Schale liegt«, sagt Otto und rollt jetzt endlich unter dem Käfer hervor. Er hat zum ersten Mal nichts verdreht und fügt hinzu: »Johann Wolfgang von Goethe, da verdrehe ich mal lieber nichts. Wenn der mir im Himmel begegnet, zieht er mir sonst die Ohren lang.« Sich im Himmel begegnen. Das ist es, unsere Tote wollte vielleicht auch im Himmel Nonnen begegnen, und da die wirkliche Liebe in ihrem Leben gefehlt hat, wollte sie genau an diesem Ort in Hülzweiler unter diesem Kreuz mitsamt seiner Geschichte begraben werden.

»Otto, du hast vollkommen recht!«

»Womit Mary, was meinst du jetzt genau?«

»Erzähl ich dir ein anderes Mal«, ich versuche mich von seinen zwei blauen Sternen zu lösen.

»Du, meine DS streikt mal wieder, das heißt gestern Abend, Gott sei Dank genau vor der Haustür, hatte sie einen kurzen Aussetzer. Kannst du bitte noch vorbeischauen?«

»Knapp vor kurz, kein Thema, das schaff ich noch, der Käfer wird erst nach Silvester abgeholt, der Besitzer ist in die Sonne geflogen.«

Da ist er wieder der Verdreher, es heißt doch kurz vor knapp, oder irre ich mich jetzt? Aber das ist halt Otto.

»Auf jeden Deckel passt ein Topf!«, setzt er noch einen drauf.

»Wie meinst du das, auf jeden Topf passt ein Deckel?«

»Ja, ich denke an deinen Fall, den wirst du bestimmt noch vor Weihnachten lösen und dann bist du herzlich eingeladen, hier mit mir auf Weihnachten anzustoßen. Geiira habe ich auch schon eingeladen, sie kommt auf jeden Fall. Oma Kettchen wird übrigens nach der Familienfeier ebenfalls vorbeischauen. Ich glaube, sie würde gerne mehr über den Stand eurer Ermittlungen erfahren.«

»Aha! Auf jeden Fall schon mal danke für die Einladung.«

»Mary, soll ich dich nicht schnell mit dem Kübelwagen nach Hause fahren?«

»Danke, das ist lieb, aber ich brauche wirklich Frischlust, sorry Frischluft, Mann ich bin schon ganz verpeilt, wie du hörst, ich muss mal runterkommen, der Spaziergang tut mir bestimmt gut.«

Au Backe, Frau Plotfire, das ist ja echt der Hammer. Habe ich gerade Frischlust zu Otto gesagt? Meine innere Stimme bestätigt: Ja, du hast gerade Frischlust gesagt und irgendwie stimmt das mit der Lust. Aber das klär ich ein anderes Mal.

Jetzt geht's hui in den Schneetanz und der wird immer stärker.

Ist das eine gute Idee gewesen! Die frische Luft, die Schneeflocken und das Gehen. Ich schaue in den Himmel und was sehe ich? Einen Adler von Geiira mit einer Ledertasche um den Hals. Ob der wohl zu mir fliegt? Na ja, ich werde es gleich erfahren.

Kaum bin ich zu Hause angekommen, wer sitzt schon wartend auf der Bank vor meinem bunten Gartenhäuschen – der Geier, pardon der Adler. Er ist wirklich viel ansehnlicher als sein Kollege gestern. War das gestern? Ich habe schon völlig den Bezug zur Zeit verloren. Aber Moment mal, das ist der Adler Jakob, der war schon mal bei mir, er liebt Leckerlis von getrocknetem Tintenfisch. Ich öffne sein Täschchen und finde einen Brief von Geiira an mich.

Liebe Mary, habe eine Einladung von Otto für den 24. Dezember.

Ja … Prima, weiß ich doch schon.

Hoffe, Du kommst auch?

Klar, was soll ich sonst machen.

Wie läuft es mit Deinem Fall, ich bin gespannt. Wenn Du ein Ohr brauchst, der Pastis ist schon kaltgestellt und die Gläser auch.

Was Sie nicht wissen, Geiira und ich trinken den Pastis aus Weizenbiergläsern, die vorgekühlt sind. Nicht, wie Sie jetzt vielleicht denken. Nee, zwei Zentiliter Pastis, und den Rest füllen wir, aber hallo, mit Wasser auf.

Weiter schreibt Geiira:

Mary, heute war eine Delegation von Nonnen am Kreuz in Hülzweiler und hat dort wohl gebetet. Das ganze Dorf war in Aufruhr und hat sich gewundert, was da los war. Ach ja, die Nonnen waren dem Kennzeichen ihres Kleinbusses nach aus Trier und ihr Orden heißt nach Beschreibung der Tracht und des Kreuzes, die sie tragen, Schwestern der Unschuld. Einige aus dem Dorf haben sich bekreuzigt, obwohl das doch Nonnen waren, die unseren Ort besucht haben.

Das ist ja ein Ding. Da sind Matze und ich in Trier im Kostümverleih und stellen einen Zuhälter und in Hülzweiler steppt der Bär. Das war klar. Der Adler Jakob wird langsam ungeduldig, er wartet wohl auf seine Belohnung, und ich schreibe ganz schnell:

Sorry Geiira, bin total müde, habe heute einen ausgefüllten Tag gehabt – Details kommen noch. Tausend Dank für die News – kann ich sehr gut gebrauchen. Auf bald, Deine Mary.

So, jetzt schnell den Brief ins Ledertäschchen, Leckerli für Jakob und dann Teewasser aufstellen. Jakob freut sich total über den getrockneten Tintenfisch, schluckt alles in Sekundenschnelle runter und weg ist er. Uff, jetzt wird das Teewasser endlich aufgestellt und dann geht es ins Bett. Gute Nacht allerseits.

»Datum: 23. Dezember 2013, unsere Ermittlungen sind ergiebig, dienen aber nicht der Aufklärung. Todesursache der Toten Angela Sonee, laut KTU Bericht wahrscheinlich eine Überdosis Heroin. Allerdings, ob der Tod durch Fremdeinwirkung oder Selbstmord eingetreten ist, ist zum jetzigen Zeitpunkt nicht geklärt. Mary, kann ich das so schreiben?«

»Matze, das ist zum einen korrekt und zum anderen die traurige Wahrheit. Gestern habe ich übrigens noch eine Info erhalten. Als wir in Trier waren, war eine Abordnung der Schwestern der Unschuld in Hülzweiler am Kreuz, also am Fundort unserer Leiche. Unsere liebe Angela Sonee hat ganz schön Wind gemacht. Das heißt, ich weiß ja nicht, ob sie wegen ihr hier waren, oder ob sie für die Kolleginnen, die ja angeblich mit dem Kloster versunken sind, gebetet haben. Ich glaube, wir sollten mit deinem Dienstwagen gleich wieder nach Trier fahren und den Damen ein paar Fragen stellen.«

»Wieso mit meinem Dienstwagen? Ah, verstehe, lieber kein Kübelkarren mehr. Aber mein Dienstwagen ist doch für uns beide und außerdem habe ich nie gesagt, dass ich in deiner DS nicht mitfahren möchte!«

»Stimmt, aber die gute DS scheint bei diesem Fall Motorschmerzen zu haben.«

»Vielleicht will da jemand öfter mal mit dir sprechen oder freut sich, wenn du bei ihm vorbeischaust!«

»Matze, wie meinst du das? Moment mal, du glaubst doch nicht ernsthaft, dass Otto extra die DS abschmieren lässt, damit ich … So ein Quatsch! Das würde Otto nie machen. Glaub ich jedenfalls.«

Ob Matze da den Kopf auf den Nagel getroffen hat? Na prima, wie Sie merken, haben diese Verdreher von Otto tatsächlich schon auf mich abgefärbt. Wie dem auch sei, wir müssen jetzt los.

»Matze, fahren wir?«

»Mary, stets zu Deinen Diensten.«

Der Dienstwagen von Matze toppt wirklich alles. Auf dem Armaturenbrett ist ein Polizeidackel, der ständig mit dem Kopf wackelt, festgeklebt. Neben dem Dackel klebt der Aufkleber: Die Polizei, dein Freund und Helfer.

Auf dem Beifahrersitz liegt eine Karodecke in schickem blau-rot-weiß-karierten Muster und in der Beifahrertür steckt ein Schwämmchen für die angelaufenen Scheiben. Bestens gerüstet für die Fahrt nach Trier starten Matze und ich in seinem personifizierten Dienstwagen. Andere verwirklichen sich mit dem Personalisieren ihres Handys, Matze halt mit dem Innenleben seines Autos. Dieser Dackel schüttelt vom ersten Meter an den Kopf, als wollte er mitteilen, nee, nee, ihr wärt mal besser im Saarland geblieben. Ich glaube er hat unrecht und ist einfach nur ein Produkt seiner Hersteller, die Kitsch in allen Variationen verkaufen und damit auch noch Geld verdienen. Apropos Geldverdienen, unser Zuhälter Jackomo Lasiwo hat doch gestern erwähnt, dass er 'ne Druckerei besitzt.

»Matze, wo ist eigentlich der Busenflyer aus dem Mülleimer des Kindergartens gelandet, hängt der wieder an deinem Spind oder ist er in deiner Hosentasche?«

»In meiner Hosentasche, Mary! Ich dachte, da wir eh nach Trier fahren und vielleicht auch noch die Druckerei von unserem zukünftigen Baubesucher begutachten …«

»Matze, du bist genial.«

»Ja Mary, ich weiß, du aber auch!«

Zwei Cops, ein Gedanke, der Hammer oder vielleicht auch nicht. Wir sind ein echtes Dreamteam und unterschiedlicher können wir nicht sein. Aber wenn es darum geht, unsere Fälle zu lösen, sind wir auf gudd Saarländisch ein Kopp und ein Arsch. Wer wer ist, ist jetzt nicht so wichtig.

Trier ist echt um die Ecke, genau wie Luxemburg. Das ging ja flott, wir sind da. Der Orden sieht ganz schön renovierungsbedürftig aus und einen Gärtner scheinen die Damen auch nicht mehr zu haben. Die Rezeption, pardon Anmeldung, ja so was gibt es hier, ist sehr ordentlich, aber der grimmige Blick der Empfangsnonne, oha.

»Guten Tag, Hauptkommissarin Plotfire und das ist mein Kollege Reeb.« Matze guckt mich jetzt ein wenig skeptisch an, ja ich weiß auch, das diese Art zu ermitteln, nicht wirklich ok ist. Aber bis wir jetzt den Kollegen in Trier auf der Dienststelle verklickert haben, was los ist und wie sie die Puzzleteile zusammenkriegen, sind wir schneller, und außerdem haben wir den 23. Dezember. Die Kollegen werden sich bedanken. Nach fast einer Minute Stille öffnet Frau Cicilia, Nonne in Tracht der Schwestern der Unschuld, endlich den Mund. Woher ich den Namen weiß? Steht auf dem kleinen Plastikaufsteller direkt vor ihr.

»Guten Tag, Schwester und Bruder des Lebens, ihr seid von der Polizei. Das muss ich jetzt erst mal melden« sagt sie und drückt auf einen roten Knopf, der neben einem gelben und einem blauen auf ihrem Schreibtisch angebracht ist. Dann fährt sie mit einem sichtlich entspannteren Gesichtsausdruck fort: »Wie kann ich Euch denn helfen?«

»Sie können uns vielleicht helfen, stimmt.« Ich muss mich gerade zusammenreißen, das ist alles nicht wahr, ich bin die Schwester des Lebens, prima. Wobei, wenn ich mir den Bierbauch von Matze genau betrachte, hat die Rottenmeiernonne gar nicht so unrecht. Dass Matze gerne lebt, sprich oft gern ein Bier trinkt, sieht man.

»Schwester, wir brauchen Informationen über einen Ausflug, der gestern von einigen ihrer Mitschwestern unternommen wurde. Im Saarland, sprich Hülzweiler, gibt es am Waldrand ein fünf Meter hohes Kreuz und dieser Ort wurde gestern, wie gesagt, von einigen ihrer Schwestern aufgesucht. Sagt Ihnen das was?«

»Ja, ich habe sogar eine Liste der Schwestern, die mitgefahren sind. Bei uns, also bei mir, hat alles seine Ordnung.« Oha, das glaube ich ihr gern.

»Darf ich die Liste bitte haben, Schwester Cicilia? Sagen Sie mal, das ist aber nicht ihr richtiger Name, oder?«

»Nein, das ist nicht mein weltlicher Name. Sobald wir den Bund mit Gott eingehen, lösen wir uns von allem Weltlichen, auch von unserem Geburtsnamen.«

Matze schaut verwundert auf den Ehering, den Cicilia trägt und fragt, bevor ich ihn stoppen kann:

»Und der Ehering? Sie sind verheiratet und trotzdem Nonne?«

»Ja Bruder, ich bin verheiratet, aber mit unserem Jesus Christus, das sind wir alle hier.«

Matze schaut mich bedripst an und zuckt mit den Schultern. Ich nicke wohlwollend und hoffe, er stellt jetzt nicht eine weitere bescheuerte Frage, sonst wird Cicilia gleich kurzen Prozess mit uns machen und dann war es das mit der Befragung. Pech, er reißt schon wieder den Mund auf: »Wie, Sie tragen alle denselben Ring und dasselbe Kreuz. Ist das nicht ein komisches Gefühl, einen Ehering zu tragen?«

Oh Matze, halt die Klappe, denke ich noch. Das ist wieder typisch Mann. Zu spät, Cicilias Gesichtsfarbe wechselt von strengem Weiß zu wütendem Rot. Aus und vorbei, jetzt können wir gehen. Das war's.

»Cicilia«, ruft auf einmal eine starke Stimme von Weitem.

»Die Herrschaften von der Polizei werden von der Oberin empfangen.« Gott sei Dank, im wahrsten Sinn des Wortes. Ich schaue Matze an und der versteht genau, was ich meine. Ab sofort keine unqualifizierten Fragen mehr. Das ist jetzt alles mein Part. Die Gänge im Kloster sind genau so dunkel wie die im Männerorden in Luxemburg. Allerdings sind die Damen fortschrittlicher und haben in den Kronleuchtern Sparlampen. Eindrucksvoller war es aber bei den Patern, das hatte so etwas Mystisches, aber diese Sparlampen sind halt praktisch, auch wenn sie kein schönes Licht verbreiten.

Wir folgen brav der Nonne, die uns durch die Gänge führt. Matze hält die Klappe. Gut so. Vor einer großen Tür bleiben wir stehen und die Nonne klatscht zweimal in die Hände. Schon wieder so eine Hokuspokustür, das habe ich doch in Luxemburg schon erlebt. Scheint ein Klostertrend zu sein. Türen, die sich wie von Geisterhand öffnen. Vielleicht war es auch der Heilige Geist, der kann ja schließlich auch alles.

Die Oberin, eine bildhübsche Frau, ihr Gesicht ist durch die Tracht ja nicht verdeckt, kommt uns entgegen. Sie hat eine tolle

Ausstrahlung und im Gegensatz zu der Nonne am Empfang ist sie wirklich freundlich. Aber der erste Eindruck täuscht.

Kaum sitzen wir ihr vor ihrem riesigen Schreibtisch gegenüber, wechselt sie den Gesichtsausdruck und blickt plötzlich sehr ernst.

»Frau Mutter Oberin«, spreche ich sie an und hoffe, dass das die ordentliche Form ist, »gestern haben Schwestern aus ihrem Orden dem Saarland einen Besuch abgestattet. Wissen Sie etwas darüber?«

»Ja, ich habe die Fahrt ja bewilligt«, antwortet sie und ihr Blick ist kalt und hart. »Ist das wirklich ein Grund für die Polizei, unser Kloster zu besuchen?« Kalt, hart und ironisch, die denkt wohl sie ist superschlau.

»Wir haben einen Todesfall, den wir aufklären müssen. Zufälligerweise haben wir einen Tag vor dem Besuch ihrer Schwestern in Hülzweiler die Leiche einer jungen Frau genau an der Stelle des Waldes gefunden. Ihre Schwestern haben ausgerechnet an dieser Stelle haltgemacht und gebetet.« Sie bekreuzigt sich schnell und sagt: »Gott sei ihrer armen Seele gnädig.«

»Ja, das hoffen wir auch, aber wieso sind denn ihre Schwestern ausgerechnet dorthin gefahren? Um für die Tote zu beten?« Ihr Blick bleibt hart und kalt, als sie antwortet:

»Nun, wir hatten früher in Hülzweiler eine Abteilung, die Näherinnen ausgebildet hat und die auch dort gelebt haben.«

»Meinen Sie die, die mit dem Nonnenkloster untergegangen sind?«

Oh Mann, Matze! Ich schaue ihn an und kann es nicht fassen, wieso er das fragt. Die Oberin lächelt kalt und antwortet:

»Sie glauben doch nicht an solche Geschichten, Herr Wachtmeister, oder?«

Naja. Jetzt hat sie aber Glück, das nicht das halbe Dorf anwesend ist.

»Zumindest erzählt sich das ganze Dorf seit Generationen diese Geschichte«, setzt Matze noch einen drauf.

»Schöne Geschichte«, erwidert die Oberin, »aber unsere Schwestern fahren nicht deswegen dorthin. Vielleicht kennt die ein oder andere auch diese Überlieferung, aber soweit ich informiert bin, wird jedes Jahr kurz vor Weihnachten dort gebetet, auch als Dankeschön an die Erbauer dieses Kreuzes. Die Schwestern lieben einfach diesen Platz zum Beten.«

»Ok, dann haben Sie vielen Dank für ihre Zeit«, erwidere ich, werfe Matze einen kurzen Blick zu, der nickt. Ich will nur noch eins, hier raus! Irgendwie haben diese Mauern keine gute Ausstrahlung.

Kennen Sie auch das Gefühl, das Sie sich nicht erklären können, warum Sie sich unwohl fühlen, aber Sie spüren, es liegt etwas in der Luft oder in den Mauern.

Die Oberin, raten Sie mal, zieht an einem Seil, genau wie bei den Patern und schwups steht eine Novizin im Raum und bekommt den Auftrag, uns nach draußen zu begleiten. Wir haben noch nicht richtig den Raum verlassen, da höre ich wie die Oberin den Telefonhörer in die Hand nimmt und sagt: »Ich bin es, hören Sie, Sie haben versprochen, für immer und ewig zu schweigen. Sie haben ihr Wort gegeben und dürfen das auch nicht brechen. Wem wollen Sie damit helfen?«

Tja, zu dumm, dass die Geisterhand, die die Tür schließen soll, wohl oder übel erst mal von Menschenhand einen Befehl braucht und den hat die gute Oberin vor lauter, lauter …* voll vergessen.

**lauter, lauter … ein feststehender Begriff bei uns im Saarland*

Die Tür zu ihrem Büro bleibt offen und wir hören alles, auch wenn sie leise spricht und wir uns Richtung Ausgang begeben.

Ich kann es kaum fassen, uns spielt sie hier die Kühle vor, und kaum haben wir den Raum verlassen, ist es ihr wichtig, jemanden an sein Versprechen zu erinnern, die Klappe zu halten. Ja, kann auch reiner Zufall sein, die müssen ja mit ihrem Beichtgeheimnis verantwortungsbewusst umgehen. Aber komisch ist es trotzdem.

»Matze, hast du das auch gehört?«, frage ich ihn, nachdem wir wieder an der frischen Luft sind und sich die Klostertür hörbar geschlossen hat.

»Klar habe ich gehört, was die Oberin gesagt hat und unter uns, es ist doch komisch, direkt, nachdem wir den Raum verlassen haben. Die hatte es wirklich eilig. Kann aber auch rein gar nichts mit uns zu tun haben und wir hören die Flöhe husten, weil wir so im Dunkeln tappen.«

»Jo, da hast du recht, Vollmond wäre jetzt hilfreich. Mit etwas Mondlicht würden wir ein bisschen mehr sehen. Was ist eigentlich mit dem Überwachungsvideo von den Patern?«

»Stimmt, das sollten wir unbedingt noch erledigen, falls die Bänder schon im Büro angekommen sind. Was machen wir jetzt, schauen wir uns die Druckerei von Herrn Lasiwo noch an oder fahren wir zurück und sichten die Bänder? Maarry?«

»Ja, entschuldige Matze, ich bin gerade etwas verwirrt.«

Wir laufen Richtung Dienstwagen und bemerken gar nicht, dass uns eine Nonne gefolgt ist. »Entschuldigung, Sie sind von der Polizei aus dem Saarland, richtig?« Wir sagen beide ja und drehen uns um.

»Mein Name ist Schwester Beatrix und ich bin schon fünf Jahre hier.« Schwester Beatrix ist hübsch und blutjung.

»Und was können wir für Sie tun, Schwester Beatrix?«, fragt unser guter Matze in väterlicher Tonlage.

»Sie für mich, nichts. Aber vielleicht kann ich Ihnen helfen«, antwortet sie keck. »Aha«, rutscht es mir raus, da legt die Kleine auch schon los: »Also ich war gestern mit in Hülzweiler im Saarland an diesem Kreuz und habe dort gebetet.« Sie überlegt und hält inne.

»Das ist ja schön. Und weiter?«, fragt Matze nicht mehr ganz so väterlich.

»Ja, ich mag den Platz auch sehr gerne und als wir in unser Gebet vertieft waren, kam eine ältere Dame und fragte uns, ob wir denn wüssten, wo wir gerade stehen. Wir haben erst geschmunzelt und gesagt, ja klar. Aber dann hat die Dame erzählt, dass sie einen Tag vorher genau dort eine Frauenleiche gefunden habt. Sie zeigte uns sogar ein Handyfoto von der Leiche.«

»Wie bitte, das ist jetzt nicht Ihr Ernst«, ich muss mich zusammenreißen, um nicht gleich auszuflippen.

»Doch, wenn ich es Ihnen doch sage. Sie hat uns das Foto gezeigt. Sie hat auch gesagt, dass sie ganz zufällig am Kreuz war, weil der Kindergarten Wandertag hatte und sie Plätzchen und Kakao für die Kinder vorbereitet hatte. Lieb, gell.«

»Ja, sehr lieb«, sage ich und schaue Matze an, der nur noch kurz mit den Schultern zuckt. Diese Oma Kettchen hat nicht nur uns angerufen, nee sie hat auch noch am Tatort ein Handyfoto gemacht. Das hat ein Nachspiel.

»Auf jeden Fall habe ich die tote Frau erkannt!«, fährt die Nonne in Ausbildung fort.

»Moment mal, Sie haben die tote Angela Sonee erkannt beziehungsweise kennen sie?«

»Ja, also nein, ich meine, den Namen weiß ich doch nicht! Aber ich habe ihr Gesicht erkannt. Sie war mal an der Pforte und hat ganz laut geweint. Soviel ich mitbekommen habe, wollte sie zu uns in den Orden. Versteh ich auch nicht, normalerweise bekommt jede so ‘ne Art Bewährungszeit und dann entscheidet sich, ob man bleiben darf oder nicht. Aber bei ihr, oh sie hat mir so leidgetan, gab es wohl keine Chance auf diese Bewährungszeit. Sie hat so herzzerreißend geweint, und wenn ich mich recht erinnere, war das irgendwann diesen Sommer. Auf jeden Fall, als die alte Dame im Wald bei dem Kreuz uns das Bild auf dem Handy gezeigt hat, ist mir ganz schlecht geworden. Ich bin fast umgefallen und mir sind die Tränen in die Augen geschossen. Den anderen übrigens auch.«

Meine liebe Oma Kettchen, ich kann es nicht fassen, das muss ich später noch unbedingt mit ihr klären. Jetzt müssen wir erst mal hören, was Schwester Beatrix noch so zu berichten hat.

»Schwester Beatrix, Sie fahren doch öfter dort hin zum Beten, richtig? Ihre Oberin hat uns gerade gesagt, dass sie von Ihrem Betausflug weiß und diesen auch bewilligt hat. Haben Sie ihr auch nach Ihrem Besuch im Saarland von der Toten erzählt, und dass sie die Frau wiedererkannt haben und diese schon mal bei ihnen im Kloster war und sich vorgestellt hat?«

»Ja vom Beten klar, das weiß sie ja, aber von der Toten, nee. Wir haben beschlossen, nichts zu erzählen, aus Angst, dass wir wegen dieses, nennen wir es mal unglücklichen Schicksalfalls, nicht mehr dorthin dürfen. Außerdem hat das ja alles nichts mit uns zu tun.«

»Warum erzählen Sie uns denn das alles?«, frage ich und habe das Bedürfnis, am liebsten sofort mit Oma Kettchen ein Hühnchen zu rupfen.

»Weil ich …, oh ich weiß auch nicht, aber ich dachte, Sie sollten vielleicht wissen, dass die junge Frau Ordensfrau werden wollte, Sie dürfen nicht schlecht von ihr denken. Wir haben gehört, dass sie wohl mal ihr Geld mit, na ja, sie wissen schon was, verdient hat. Aber sie wollte bestimmt aufräumen und mit sich und Gott ins Reine kommen. Es ist ein Jammer, dass sie die Chance nicht bekommen hat.«

Tja, wie kommen wir jetzt weiter?

»Danke Schwester!« Sie lächelt und ist sichtlich stolz auf sich.

»Schwester Beatrix, es kann sein, dass wir Sie noch einmal brauchen. Sie halten sich für uns zur Verfügung, hier ist meine Karte, falls Ihnen noch etwas einfallen sollte.«

»Alles klar, habe ich verstanden, und bitte verraten Sie mich nicht bei der Oberin«, sagt sie. Irgendwie habe ich das Gefühl, es macht ihr richtig Spaß, eine Kriminalnonne zu sein. Sie verabschiedet sich und verschwindet genau so unauffällig, wie sie aufgetaucht ist.

»Mensch Matze, Oma Kettchen, das ist wirklich der Hammer, was machen wir denn jetzt mit ihr. So was ist ein No-Go! Sie kann nicht einfach Fotos am Tatort machen, wo kommen wir denn da hin!«

»Mary, ich weiß, dass du recht hast, aber bitte lass Gnade vor Recht ergehen.« Endlich mal einer, der die Sprüche nicht verdreht, denke ich, und er führt seinen Gedanken fort: »Die Oma Kettchen hat sich nichts dabei gedacht, sie war wahrscheinlich geschockt und als sie die Nonnen getroffen hat …, vielleicht wollte sie, dass die Nonnen gemeinsam für das arme Ding beten.«

»Ach, Matze, du hast ja recht, aber kurz mal mit ihr darüber reden und dass sie in Zukunft bitte so etwas nicht mehr macht, müssen wir auf jeden Fall!«

»Klar, Mary. Auf jeden Fall.«

»Sag mal, der Zuhälter von Angela Sonee hat doch dieses Waisenhaus erwähnt, vielleicht sollten wir dort auch noch einmal nachhaken.«

»Auf jeden Fall, Mary.«

»Seh ich gerade richtig und auf der anderen Straßenseite läuft der Jackomo Lasiwo mit seiner fünfzehnjährigen Gespielin?«

»Mary, den schnappen wir uns jetzt!«

Die Straßen sind wirklich spiegelglatt. Matze springt auf die andere Seite, rutscht aus und ich kann ihn nur noch schnell am Arm greifen und festhalten.

Jackomo Lasiwo sieht uns, schnappt sich seine hübsche Begleitung und rennt davon.

Na prima. »Matze, geht's?«

»Jo Mary, aber mit Verfolgung ist für mich heute Schluss.«

»Ja, und ich hab von Trier heute genug gesehen und gehört. Sollen die Kollegen sich um den Lasiwo kümmern. Matze, wir fahren.«

»Ei, Gott sei Dank, aua, oh tut das weh.«

»Schaffst du es noch bis zum Wagen?«

»Klar, oh Mann, geht schon.«

»Na, Dr. Rowald wird sich freuen. Hoffentlich erreichen wir den noch.«

»Mary, dat ist doch dat Gudde am Dorf, wir kennen uns all und sinn füreinander da.«

Matze hat außerdem vollkommen recht, so ein Stück Heimat wird in unserem Dorf gelebt und bewahrt, ist zwar manchmal anstrengend, aber liebenswürdig. Apropos liebenswürdig, ich brauche ja noch Geschenke für morgen. Morgen ist Weihnachten und ich bin ja bei Otto eingeladen. Geiira kommt, Matze kommt und Oma Kettchen wollte noch nach ihrer Familienfeier auch noch vorbeischauen. Aber jetzt bring ich erst mal Matze nach Hause beziehungsweise zu Dr. Rowald und dann schauen wir mal weiter. Dr. Rowald ist übrigens unser, wie wir liebevoll sagen, Land- und Wiesenarzt.

Bin ich froh, zu Hause zu sein. Oh, Otto war fleißig und hat mir einen Zettel unter die Haustür gesteckt.

Liebe Mary, die DS läuft wieder rund, sie ist wieder fit und hat mir versprochen, dich nicht im Stich zu lassen.

Oh, wie nett. Wie goldig. Wie aufmerksam. Oh Mann, ich glaube wirklich, ich bin ganz einfach verknallt. Eh, ich meine, er ist verknallt. Aber das zuzugeben liegt Männern nicht. So sind sie eben. Dann schreiben sie lieber ganz romantisch über die Krankheiten deines Autos und wie fürsorglich und liebevoll sie diese Wehwehchen geheilt haben.

Das Problem mit Matze und seinem Transport ins Krankenhaus ist auch gelöst. Dr. Rowald war zu Hause und übernimmt das professionelle Händchenhalten in der Klinik. Danke.

Außerdem sollte ich jetzt mal ganz in Ruhe darüber nachdenken, was ich wem morgen schenke.

Fangen wir mal mit Geiira an. Was habe ich denn da in meinem Bücherregal: Forellenzüchten leicht gemacht. Wann habe ich denn so einen Quatsch gekauft? Eine Reise in die Quantenphysik, ja, das wäre doch was. Ein wunderbares Thema für Geiira. Vielleicht erklärt ja auch die Quantenphysik irgendwann mal meine Existenz. Sprich, dass es mich gibt und dann auch wieder nicht.

Mary, reiß dich zusammen, es geht um Geschenke für die anderen, nicht um dich.

Stimmt. Ich liebe mein Gewissen, wenn es sich einschaltet und mich reguliert.

Auch eine erfundene Figur hat eine Seele und die meldet sich fast immer zur richtigen Zeit. Was kann ich denn Otto schenken? Mal schauen, was es in dieser alten, bunten Holzkiste so gibt, einen alten Fahrradschlauch, nee, eine Kuckucksuhr, oh ja, die passt super in seine Werkstatt. Herrlich, ein tolles Geschenk.

Und für Oma Kettchen? Ganz schön anstrengend, sich für jeden was zu überlegen. Aber Geschenke müssen sein. Ohne geht es nicht. Ich liebe es außerdem, beschenkt zu werden. Das schönste Geschenk ist doch, wenn der Schenkende offenlegt, warum er ausgerechnet dieses Geschenk ausgesucht hat. Vielleicht ist für mich sogar der liebevolle Gedanke genau der Zauber, der das Geschenk belegt. Ob es jetzt in meinen Augen schön ist oder nicht, ist völlig egal. Der Gedanke zählt. Das, was der Schenkende sendet.

Sehen Sie, wir sind schon wieder bei der Quantenphysik gelandet. Ich bin mir sicher, wir werden in Zukunft noch mehr von ihr hören und über die Möglichkeiten des Sendens erfahren. Neulich habe ich einen Bericht gelesen, in dem Physiker behaupten, sie könnten bereits einen Menschen in kleinste Lichtteilchen zerlegen. So wie bei Raumschiff Enterprise, dieser Science-Fiction-Serie, die Sie wahrscheinlich auch kennen. Da wurden die Figuren doch immer von einem Ort zum anderen gebeamt. Allerdings haben unsere Physiker zur Zeit noch ein klitzekleines Problem: Sie wissen noch nicht richtig, wie sie den Menschen dann wieder zusammen bekommen sollen. Freiwillige vor!

Oh, was schenke ich nur Oma Kettchen. Was haben wir denn da? Das gibt es doch nicht. Gut, dass ich alles aufhebe. Ein alter Fleischwolf mit Aufsätzen für Spritzgebackenes. Ja, das ist ein super Geschenk für sie. Sollte sie schon einen haben, dann können wir ja vielleicht nächstes Jahr gemeinsam backen. Falls mir nicht wieder ein Fall dazwischen kommt.

Ein Fall, der uns alle hier im Dorf beschäftigt. Das ist auch so 'ne Sache von Zusammenhalt. Ich bin gespannt, wie unser Herr Pfarrer reagieren wird. Unseren Pfarrer kennen sie ja noch nicht, der kommt eigentlich aus Bous, das ist ein Nachbarort. Heutzutage teilen sich die Herren die Pfarreien ja auf. Es gibt schon lange nicht mehr in jeder Gemeinde einen eigenen Seelenbetreuer. Ich bin gespannt, ob der Herr Pfarrer unser Christkind, das wir im Wald gefunden haben, erwähnen wird. Da muss der Pastor doch etwas dazu sagen.

Wie der Pastor heißt, wollen Sie wissen. Richtig. Versteh ich. Sein Name ist Schon. Also vollständig Johannes Carlo Aloisius Benediktus Schon. Ja, im Gegensatz zu den Nonnen, die ihren weltlichen Namen ablegen, behalten die Pfarrer ihren Namen und bekommen halt den ein oder anderen noch dazu. Wie der Name Carlo jetzt ausgerechnet dazu gekommen ist, vielleicht war die Mutter unseres Pfarrers ja Fan von Carlo Ponti, dem Regisseur oder so. Und Regie führen muss ein Pfarrer schließlich auch in jeder Messe. Manchmal klappt's und manchmal geht alles drunter und drüber. Merkt dann aber meistens keiner. Übrigens, unsere Pfarrer bekommen sogar Sprecherziehung wie die Schauspieler.

Und, das muss ich auch erwähnen, Gesangsunterricht. Okay, das hilft nicht bei jedem. Allerdings der Oberhammer ist doch, dass die Kirche offenbar wirklich weiterhin an Exorzismus als Unterrichtsfach festhält, so hab ich die Reaktion dieses Patron zumindest verstanden, auch wenn er es nicht wirklich bestätigt hat. Otto hatte wohl recht. Ich glaube ich frage bei Gelegenheit unseren Pfarrer aus Bous noch mal. Heißt doch schließlich »Du sollst nicht lügen« in der Bibel.

Zurück zu den Weihnachtsgeschenken. Wie bin ich bloß vom Fleischwolf auf den Exorzismus gekommen? Egal. Ich habe für alle Geschenke und bin happy. Allerdings wäre ich noch glücklicher, wenn ich wüsste, wie sich unser Fall aufklärt. Jetzt bin ich hundemüde und musste gerade herzhaft gähnen. Ok. Ich geh zu Bett, hoffe der Stepptänzer über mir ist heute auswärts tanzen. Meine Matratze ruft nach mir*.

Endlich im Bett, oh, war das ein Tag. Vor meinem Bett habe ich die Geschenke aufgestellt. Das Buch für Geiira über die Quantenphysik, die Kuckucksuhr für Otto und den Fleischwolf mit Einsatz für Spritzgebäck für Oma Kettchen. Herrlich. Weihnachten kann kommen.

Ich traue meinen Ohren nicht. Es ist still, ganz still. Kein Laut vom Speicher. Mein Marder hat tatsächlich Ausgang. Wie schön. Gute Nacht.

Endlich 24. Dezember! Ich erwache und fürchte, ich habe verschlafen. Wenn Sie jetzt denken, das liest sich wie ein Tagebuch, liegen Sie nicht ganz falsch. Willkommen in meinem Leben! Ich habe Ihnen ja bereits ganz am Anfang unserer Bekanntschaft gesagt, dass ich Ihnen von einem Fall berichte, den ich mir nie hätte träumen lassen.

Gut, dass die Autorin mich erfunden hat und diesen Fall mit mir löst! Und Sie wissen jetzt schon so viel mehr über mich. Vielleicht

**Das ist auch so ein saarländischer Ausdruck.*

finden Sie sich ja auch ein wenig in mir wieder oder Sie sind ein Teil von mir geworden.

Der Teil von Ihnen, der sich jetzt in mir befindet, will bestimmt wissen, wie die Geschichte weitergeht beziehungsweise wie wir den Fall endlich lösen. Gemach, gemach, jetzt ist erstmal Weihnachten und Sie wissen ja von dieser Einladung von Otto, in den übrigens nicht nur meine DS verliebt ist, wie ich Ihnen zu Beginn der Geschichte erzählt habe. Nee, ich bin es auch, und vielleicht ist ja Weihnachten genau der richtige Tag, um in Sachen Liebe einen Schritt nach vorn zu gehen? Apropos gehen. Ich rufe jetzt erst mal Matze an und frage, wie es ihm mit seinem geschwollenen Fuß geht.

Mein Telefon ist orange und besitzt noch so eine schöne runde Wählscheibe mit großen Zahlen. Wie ich allerdings gehört habe, soll bei der Telegrum ja alles digital umgestellt werden. Dann muss ich mir so ein modernes Telefon ohne Kabel zulegen. Das stell ich mir so vor wie bei der Quantenphysik, die Informationen werden gesendet. Durch die Luft um uns herum. Ein furchtbarer Gedanke. Stellen Sie sich mal vor, alle unsichtbaren Informationssendungen würden auf einmal sichtbar, wie zum Beispiel so eine Art Wollfaden in verschiedenen Farben. Ja, ich bin davon überzeugt, dass wir um uns herum ein unsichtbares, aber schon sehr dichtes Netz haben. Das kann doch nicht gesund sein.

Mein orangefarbenes Telefon mit großer, runder Wählscheibe ist auf jeden Fall ein Stück Zeitgeschichte, umwelt- und gesundheitsschonend, aber wer weiß, wie lange noch.

»Matze?«

»Ja, Reeb, guten Morgen, äh, Mary, was ist denn passiert?«

»Du, ich habe verschlafen.«

»Weißt du eigentlich, wie spät es ist?«

»Nein, aber es tut mir leid, dass ich ausgerechnet heute verschlafen habe.«

»Mary, wir haben ein Uhr nachts!«

»Echt?«

»Ei joo.«

»Oh Matze, das ist mir jetzt aber total unangenehm. Ich leg sofort auf. Sorry, sorry.« Jetzt bin ich so was von wach.

Oh mein Gott, es ist wirklich ein Uhr, aber ich liege im Bett und das Telefon steht im Flur auf der kleinen blauen Allgäuer Kommode. Ich habe das Telefonat geträumt.

Vor meinem Bett steht eine Kuckucksuhr, liegt ein Buch über die Quantenphysik und ein Fleischwolf mit einem Aufsatz für Spritzgebäck. Klar, die Weihnachtsgeschenke.

Und da ist er auch schon wieder, der Ihnen schon bekannte Stepptänzer auf meinem Speicher. Mein Hausmarder. Ich sollte ihm auch einen Namen geben.

Anton, der Brettertänzer, oder was meinen Sie? Wahrscheinlich ist er der Grund dafür, dass ich aufgewacht bin. Was für ein Glück, sonst hätte ich Ihnen im Traum wahrscheinlich auch noch erzählt, in wen ich so richtig verliebt bin. Sie müssen ja nicht alles wissen.

Ich werde jetzt versuchen zu schlafen. Morgen, quatsch heute in ein paar Stunden, ist Heiligabend. Das Fest der Freude.

Bin mal gespannt, ob ich nächstes Weihnachten mit Oma Kettchen Plätzchen backe oder ob ich wieder ermittle. Wie dem auch sei, vielleicht sind Sie ja wieder mit von der Partie. Wobei, eigentlich könnten wir ja auch aufs Du umschwenken. Ein Du ist nicht weniger gefüllt mit Respekt als ein Sie. Gerade da Sie jetzt eh schon so viel von mir wissen und ich Ihnen meinen Fall anvertraue, können wir von mir aus auch ruhig Du sagen.

»Mary, freut mich.«

So, das haben wir jetzt auch geklärt. Hoffe, du hast auch schon alle deine Weihnachtsgeschenke. Weihnachten ohne Geschenke kann ich mir nicht vorstellen. Ich höre immer wieder: »Unnötig, wir haben schon alles.« Aber es ist doch der Moment des Schenkenden an den Beschenkten, der zählt. Ohne jetzt als Klugscheißer oder Besserwisser zu erscheinen. Es geht in unseren Lebensgeschichten immer nur um Momente.

Diese erfüllten Momente sind Heimat, Leidenschaft, Freud und Leid, und sie lehren uns lebendig zu sein. Sogar mich als Fantasiefigur. Ich bin so was von lebendig, aber eben nur durch diese Momente. Sie erinnern sich doch, pardon, wir waren ja jetzt schon beim Du. Du erinnerst dich bestimmt an das Bild von Frau Hahn, der Besitzerin des Kostümladens in Trier. Sie zeigte uns ein Bild in ihrem Fotoalbum, auf dem wir eine schöne, junge Frau sahen. Das war sie. Sie erinnerte sich an diesen Moment und teilte ihn mit uns. Auf einmal war ihre Erinnerung ein Moment, der uns berührt hat und Matze dazu brachte, ihr auch noch so ein krumpeliges und bereits gebrauchtes Taschentuch anzubieten, in das sie prompt reinschnupft. Mit den Weihnachtsgeschenken ist es ähnlich. Finde ich.

Ein Weihnachtsgeschenk ist ein besonderes Geschenk und bleibt in Erinnerung. Manchmal auch in einer Furchtbaren, weil wir das Geschenk nicht mögen. Aber auch diese Tragik hat einen Wert und bleibt ein Moment. Meine Großmutter mütterlicherseits hat einmal gesagt, sie schließe die Augen und reise durch ihr erfülltes Leben und erlebe verschiedene Momente wieder. Sozusagen ihr persönlicher Reichtum. Also lasst uns Momente sammeln und reich werden an Leben! Und ab jetzt immer Weihnachtsgeschenke und keine Ausreden mehr! Gute Nacht. Oder bis gleich. Noch ein Blick auf meinen Wecker. Zwei Uhr schon. Wie die Gedanken einen wachhalten können. Auch ein schöner Moment.

Ding, dong, ding, dong. Klopf, klopf, oh wer ist das denn und wie spät ist es eigentlich? 10.30 Uhr. Ich schlüpfe in meinen Sternenmorgenmantel und in meine Sternenpantoffeln und gehe zur Tür.

»Moin Matze.«

»Moin Mary! Lust auf ein Weihnachtsfrühstück mit mir?«

»Klar, das ist aber lieb von dir!«

Oh Mist, ich habe für alle heute Abend ein Geschenk, außer für Matze. Das darf ich auf keinen Fall vergessen. Mmmhh ..., kurz nachdenken ... Ja, ich hab's. Ich habe noch einen Stapel Karotaschentücher von meiner Großmutter. Frisch gewaschen und gebügelt. Quasi funkelnagelneu! Die habe ich auch einmal zu Weihnachten bekommen und mich tierisch gefreut. Du, ja ich meine dich, darfst ruhig lachen. Aber keiner sagt, dass Geschenke nicht weitergeschenkt werden dürfen. Das ist nicht die Regel bei mir, aber Matze freut sich bestimmt, weil er Baumwolltaschentücher liebt und nix von dem Wegwerfzellulosegedöns hält.

Mittlerweile sind wir in meiner Küche und Matze hat es sich auf der kleinen Eckbank bequem gemacht. Sein verunglücktes Bein hat er auf einem Stuhl hochgelegt und es geht ihm anscheinend gut.

»Kaffee oder Tee?«, frage ich ihn, während er sich bei mir umschaut.

»Kaffee, schwarz, bitte«, antwortet er und ist sichtlich verdutzt, dass es bei mir so bunt ist. »Mary, jetzt arbeiten wir schon so lange zusammen, aber ich war noch nie bei dir zu Hause. Schön hast du es. Schön bunt. Bunt und gemütlich!«

»Freut mich, dass du dich wohlfühlst! Ich mag Weihnachten so gerne, deshalb mag ich auch bunte Lichterketten, wie du siehst, und Kerzen. Viel Zeit habe ich ja nicht und deshalb lass ich die Lichterketten einfach das ganze Jahr hängen und die Kerzen stelle ich auf den Tisch, ist ja kein Ding.«

»Ach, Mary, du bist einfach romantisch!«

»Wie kommst du jetzt auf romantisch, Matze?«

»Draußen tanzen die Schneeflocken und wir sitzen hier in deiner gemütlichen, bunten Küche, die Kerze brennt.« Stimmt, die habe ich auch gerade angezündet.

»Und diese bunten Lichter, draußen wird es nicht hell. Herrlich!«, sinniert Matze so vor sich hin.

Moment mal, hat der gute Matze gerade einen Anflug von ich weiß nicht was? Das liegt bestimmt an Weihnachten. »So hier ist der Kaffee, schwarz. Butter und Honig ist alles, was ich zu den Brötchen bieten kann.« Das sind übrigens Grundnahrungsmittel die im Haushalt Plotfire nie ausgehen. Genau wie Äpfel. Ja, den Pastis gibt es nur bei Geiira! »Mensch Matze, super, du hast ja helle Brötchen mitgebracht. Ich liebe helle Brötchen. Lassen wir's uns schmecken!«

Während ich mir genüsslich mein Honigbrötchen schmiere, schaut Matze mich grinsend an, und ich bin gespannt, was jetzt noch kommt.

»Mary, du glaubst nicht, wer sich bei uns auf der Dienststelle gemeldet hat.«

»Mach es nicht so spannend, Matze«, sage ich kauend.

»Ich bin gestern nach dem Krankenhaus mit Rowald noch ins Büro gefahren, weil ich wissen wollte, ob die Videobänder aus Luxemburg schon angekommen sind. Da sehe ich, dass der Anrufbeantworter blinkt. Dreimal darfst du raten, wer daraufgesprochen hat. Die feine Madame, die nischt zu sprechen ist für die Moment, die vom Flyer, weißt du, die eigentlich bei uns vorbeikommen wollte.«

Ups, ich verschlucke mich fast. »Nee, ne!«

»Doch.«

»Und weiter? Ich meine, hat sie sich mal dafür entschuldigt, warum sie nicht zu dem Gesprächstermin gekommen ist?«

»Sie hat gesagt, sie habe wichtige Informationen für uns.«

»Wie, und das fällt ihr gerade jetzt ein. Matze, woher weiß sie denn, mal Hand aufs Herz, dass wir von der Polizei sind und vielleicht Informationen von ihr gebrauchen können?«

»Na, sie ist dann wohl doch zu unserem vereinbarten Termin erschienen und hat sich nicht getraut reinzukommen. Sie dachte ja erst, es ist wirklich ein Job. Als sie gecheckt hat, sie steht vor einem Polizeibüro, hat sie Panik bekommen. Aber Mary, ernsthaft, die hat sich gar nicht gut angehört auf dem Anrufbeantworter. Ich meine, ihre Stimme war so traurig, richtig fertig mit sich und der Welt. Sie will sich mit uns treffen!«

»Wann?«

»Nach Weihnachten, am 30. Dezember, bevor das alte Jahr zu Ende geht.«

»Ach Matze, hoffentlich haben wir bis dahin unseren jetzigen Fall gelöst, bevor wir jetzt mit ihr noch ‘ne Baustelle aufreißen.«

»Du Mary, halt dich fest, sie will sich mit uns in Trier im Kloster treffen, das ist ihr ganz wichtig.«

»Och nee. Will sie jetzt etwa auch in den Orden eintreten und wir sollen ein gutes Wort für sie einlegen, oder was?«

»Nee Mary, nicht ganz, sie hat gesagt, sie hat wichtig Information über Leben und Tod für uns.«

»Aha?«

»Und noch was Mary, wir sollen unbedingt vor dem Termin mit ihr im Kloster noch das Waisenhaus in Trier unter die Lupe nehmen. Das wäre wichtig wegen Beweisen und so. Und jetzt macht's klick, oder? Unsere Tote ist doch laut Frau Hahn und Herrn Lasiwo im Waisenhaus Trier aufgewachsen. Richtig? Und sie hat noch gesagt, sie zu erreichen sei zwecklos, die Nummer auf dem Flyer gibt es nicht mehr, beziehungsweise geht da keiner mehr ran. Sie wird sich zu gegebener Zeit bei uns melden.«

»Matze, dass mit der Nummer, die es auf einmal nicht mehr gibt, das ist doch wohl ein Witz!«

»Mary, ich hab dann ja gleich wieder auf der Nummer vom Flyer angerufen. Der Anrufbeantworter ist sofort angesprungen und ich habe für alle Fälle meine Handynummer hinterlassen.«

»Super Matze, das war genau richtig. Auf jeden Fall kann sie uns jetzt erreichen. Respekt. Gut gemacht!«

Immer wenn er aufgeregt ist, spricht er Hochdeutsch. Völlig untypisch. Normalerweise verfallen die Menschen in ihren Dialekt, wenn sie aufgewühlt sind. Aber bei Matze ist es genau umgekehrt.

»Matze, wie heißt denn das Waisenhaus?«

»Es gift nur ens dort und das hann ich schon ausfindig gemacht, Anschrift und Telefonnummer hann ich dabei.«

Und schon spricht er wieder Dialekt. Herrlich. Er ist wieder der Alte.

»Matze, wenn wir ausgerechnet heute das Waisenhaus aufsuchen, brauchen wir aber kleine Geschenke für die Kinder.«

»Kein Problem, Mary, wir haben noch 'ne Kiste mit Polizeiteddybären!«

»Aber für die Größeren, sprich Jugendlichen, ist doch so ein Teddy nix!« »Mary, das glaub ich nicht. Immerhin ist so ein Polizeiteddy etwas Besonderes.« »Stimmt, Matze«, sage ich und bin schon davon überzeugt, dass es eine richtig gute Idee ist.

»Es ist jetzt 11 Uhr. Ich zieh mich schnell an und dann können wir los.« »Prima, genau so hann ich mir dat gedenkt, Mary!«

Ich ziehe mich mit Vollgas an und weg sind wir. Schnell noch ins Büro die Teddybärenkiste eingepackt, ein weiterer Blick auf den Anrufbeantworter und in den Briefkasten. Nichts. Kein Blinken. Keine Nachricht. Keine Videobänder. Auf nach Trier.

Es ist schon verrückt, Jahre bin ich nicht nach Trier gefahren und jetzt reißt es nicht mehr ab.

»Matze, bitte erzähl mir doch noch einmal, was dieses französische Fräulein genau gesagt hat. Hast du wenigstens ihren Namen?«

»Ei jo, Chantalle!«

»Chantalle, wie noch?«

»Mary, du glaubst doch nicht, dass die uns auf den Anrufbeantworter ihren richtigen Namen spricht. Ist doch klar, ähnlich wie bei den Nonnen, die nehmen für ihre Profession einen anderen Namen an.«

»Mein lieber Matze, lass diesen Vergleich bloß nicht mal bei den Nonnen vom Stapel.«

»Ei nee, dat saan ich doch nur dir!«

»Ja, und das ist auch gut so, ich weiß ja, wie du es meinst.« Wir fahren und fahren, die Schneeflocken tanzen auf den Straßen, werden immer dichter, und ich hoffe, wir kommen wieder heil zurück ins Saarland. Die Weihnachtsparty, auf der wir erwartet werden, beginnt um 17 Uhr. Ob wir überhaupt noch zur Bescherung kommen, ist fraglich. Allerdings kann ich mir vorstellen, dass uns eventuell auch in Trier noch eine schöne Bescherung erwartet.

Am Waisenhaus angekommen staunen wir nicht schlecht. Vor dem Haus steht ein riesiger Schneemann. Mit großem Kochtopf auf dem Kopf, einer Möhre als Nase und zwei Kohlenstücken als Augen. Der Mund besteht aus mehreren kleinen Kohlenstückchen, fein säuberlich im Halbkreis aneinandergereiht. Auf der rechten Seite wurde ihm ein Besen hineingedrückt. Er sieht so lebendig aus, als würde er gleich anfangen zu kehren. Ein wunderbarer Moment halt. Ein Bild, das lebt. Das Thema hatten wir ja schon, wenn du dich erinnerst. Ich werde auf jeden Fall niemals den Anblick dieses Paradeschneemanns vergessen.

Ich parke direkt vor dem Schneemann und schalte den Motor aus.

»Mary, das ist mal ein Schneemann«, sagt Matze voller Bewunderung, »diesen Anblick werde ich so schnell nicht vergessen.« Genau, sag ich doch.

Wer öffnet uns die Tür vom Waisenhaus? Eine Nonne!

»Matze«, sage ich warnend und grinse. »Keine falschen Bemerkungen, bitte.«

»Klar, Mary«, grinst er zurück. »Wir verstehen uns.«

»Guten Tag die Herrschaften, Gott segne Sie, was führt Sie zu uns?«

Ich zücke meinen Dienstausweis und höre mich sagen: »Plotfire, Frau Polizei, und das ist mein Kollege Reeb.« Au Backe, da hab ich die Frau Hahn voll im Ohr und sage ihren Satz.

Matze guckt mich verdutzt an und muss lachen.

»Ja, Frau Polizei Plotfire«, wiederholt die charmante Nonne in Tracht, »bitte treten Sie doch ein, wir wollen uns doch nicht an der Tür unterhalten.«

Sie wirft einen Blick auf den Karton, den Matze trägt, und schaut uns beide skeptisch an. Ich spüre sofort, das ist nicht das erste Mal, dass die Dame mit der Polizei zu tun hat.

»Sie haben recht, mein Kollege und ich möchten uns lieber nicht vor der Tür mit Ihnen unterhalten, wir kommen gerne rein.« Matze trägt den Karton mit den Polizeibären, den er sich unter den Arm geklemmt hat, ganz brav hinter mir her.

Die Nonne führt uns in ihr Büro, vorbei an der Essküche, wie sie es nennt. Ich bleibe kurz stehen und werfe einen Blick in diesen bunt geschmückten, großen Raum. In der Mitte steht ein geschätzt vier Meter langer Tisch. Um den Tisch ganz viele Stühle.

Der Tisch ist richtig weihnachtlich geschmückt mit Tannen, selbstgebastelten Sternen aus Goldpapier, roten Kerzen und kleinen Plätzchentellern. Circa 18 Stühle zähle ich schnell. Gott sei Dank, in der Kiste sind 20 Polizeibärchen. Da haben wir ja Glück und für jeden einen.

»Frau Plotfire«, ruft die Schwester, und ich eile den beiden nach. »Bitte setzen Sie sich doch.«

»Danke«, sagen Matze und ich im Chor. Die Schwester lächelt: »Möchten Sie einen Kaffee oder Tee?«

»Nein, danke«, sagen Matze und ich schon wieder im Chor und schauen uns an.

»Schwester, wie war noch einmal Ihr Name?«

»Entschuldigen Sie, ich habe vergessen, mich vorzustellen. Schwester Benedikta.«

»Schwester Benedikta, wir haben eine traurige Nachricht für Sie. Eine junge Frau, Angela Sonee, Sie war doch bei Ihnen?«

»Frau Plotfire, ich kenne keine Angela Sonee, Sie meinen bestimmt Angela Orlean.«

»Wie, Orlean?« Jetzt bin ich aber gespannt, was kommt.

»Ich weiß, dass Angela Orlean ihren Namen aus beruflichen Gründen in Sonee umgeändert hat. So 'ne Art Künstlername.«

»Woher wissen Sie das?«, fragt Matze wie aus der Pistole geschossen.

»Weil ich sie mal im Dom getroffen habe und sie mit Orlean angesprochen habe und sie mir erklärt hat, dass sie für ihre Arbeit einen anderen Namen angenommen hat. Aus Sicherheitsgründen. Ich fand das sehr seltsam, habe mich aber nicht getraut, weitere Fragen zu stellen. Was ist mit ihr?«

»Wir haben sie in Hülzweiler im Saarland, in einem Waldstück tot aufgefunden.«

»Oh mein Gott, Herr Jesu steh mir bei, wie ist das möglich?«

»Das versuchen wir herauszufinden. Dort steht auch ein fünf Meter hohes Kreuz. Die Leute erzählen sich die Geschichte, wenn sie dort ihren Kopf, sprich ihre Ohren, auf den Boden legen, hören sie, wie die Nonnen eines untergegangenen Klosters singen.«

Schwester Benedikta laufen die Tränen herunter und Matze kramt in seiner Hosentasche nach einem Taschentuch. Das gibt's doch nicht. Dasselbe Taschentuch, das er Frau Hahn schon gegeben hat, hält er jetzt Schwester Benedikta hin. Die greift zu, schnäuzt kräftig rein und gibt es Matze zurück. Das habe ich jetzt gerade nicht gesehen.

»Ich kann mir vorstellen, dass das hart ist für Sie, gerade heute an Weihnachten. Es tut mir so leid, dass wir ausgerechnet heute mit dieser Nachricht zu ihnen kommen. Aber wir haben einen Hinweis bekommen, der uns zu Ihnen führt. Wir wären sonst erst nach Weihnachten gekommen.«

Matze schaut mich an und schüttelt den Kopf. Er hat ja recht, was macht das jetzt für einen Unterschied. Wenn er keinen Quatsch vom Stapel lässt, hau ich was raus. Aber für mich ist das ja auch alles nicht so einfach, diese ganze Situation. Ich bin so was von berührt, darf es aber als Ermittlerin nicht zeigen.

In so einem besonderen Fall wie diesem ist es einfach vorprogrammiert, dass ich berührt bin.

»Was ist denn passiert, ich meine, wie ist …«, schluchzt Schwester Benedikta.

»Dazu dürfen und können wir nichts sagen. Allerdings hatte sie, als wir sie gefunden haben, ein Nonnenkostüm an. Was uns stutzig machte. Sie wissen, womit Angela Sonee beziehungsweise Orlean ihr Geld verdient hat?«

»Nein, ich weiß leider nicht, wie ihr beruflicher Werdegang sich gestaltet hat. Sie hat uns mit knapp … Ach was soll's, ich erzähl ihnen jetzt, wie es war. Sie ist mit 14 abgehauen und nie wieder aufgetaucht. Das ist kein Einzelfall. Aber ich war mir immer sicher, sie findet ihren Weg. Sie war sehr gläubig und ist im Gegensatz zu anderen jungen Menschen gerne in die Kirche gegangen. Sie war eine …« Schwester Benedikta kann nur noch gebrochen reden, »… sie war eine wunderbare Hilfe für mich hier, gerade mit den Kleinen. Ihre soziale Kompetenz war unglaublich. Immer für andere da. In der Schule gab es nie Beschwerden. Ihre Noten vorbildlich. Ich verstehe bis heute nicht, warum sie weggelaufen ist. Wir haben uns gut verstanden. Hier war ihr zu Hause. Mein Versuch, als ich sie im Dom getroffen habe, mit ihr wieder Kontakt aufzunehmen, ist gescheitert.«

»Tja, sie hat dann wohl ein anderes Zuhause gefunden. Zwar nicht so behütet wie bei Ihnen, aber Zuneigung, nennen wir es Liebe, vielleicht war das der Grund.«

Versuche ich gerade, hier etwas zu entschuldigen oder zu beschönigen? Mary, Mary, auch wenn Weihnachten ist.

»Sie hat dann einen Loverboy kennengelernt.«

»Entschuldigung, Frau Plotfire, was ist bitte ein Loverboy?«

»Das sind junge Männer, die den Mädchen ein angeblich tolles Leben zeigen. Sprich, alles, was die Mädchen selbst nicht besitzen, haben diese jungen Männer. Eine schöne Wohnung, ein tolles Auto, Geld und so weiter. Sie gaukeln den Mädchen Liebe vor und führen sie quasi in die Liebe ein. Da die Mädchen sich dann verlieben, machen sie fast alles für ihren Loverboy. Irgendwann ist dann Schluss mit der rosa Wolke und es muss Geld verdient werden.«

»Alles klar, ich verstehe. Aber sie war so anders. Das passt überhaupt nicht zu ihr. Glauben Sie, dieser Mann, ihr Loverboy hat ihr was angetan?«

»Wie das jetzt alles genau zusammenpasst, versuchen wir gerade herauszufinden.« Matze greift sich an den Fuß, schaut mich an, als wolle er mir sagen, wegen dieses Loverboys bin ich gestürzt und habe jetzt angeknackste Bänder.

»Schwester Benedikta«, fasse ich mich wieder, »haben Sie noch irgendwelche Erinnerungen an die Tote? Irgendetwas, das ihnen spontan einfällt? Das können Hobbys, Leidenschaften, Erkrankungen, Bekannte, die sie hatte, sein. Alles Mögliche. Wenn Ihnen etwas einfällt, bitte sagen Sie es uns.«

»Ich weiß noch, wie sie zu uns gekommen ist. Sie war noch keinen Tag alt, frisch geboren wurde sie zu uns gebracht.«

»Wissen Sie noch, wer sie gebracht hat?«

»Ja, selbstverständlich. Sie hatte wirklich großes Glück. Wir erleben oft, dass die Babys einfach irgendwo abgelegt werden. Schlimmstenfalls dort, wo sie keine Chance haben zu überleben, und sie auch keiner findet. Wenn sie uns vor das Haus gelegt werden, ist das prima. Aber bei ihr war es durch Gottes Hand.«

»Wie, durch Gottes Hand?«

»Halt eine wunderbare Fügung. Ihre Mutter muss sie direkt nach der Geburt dem Mönch anvertraut haben, der sie dann bei uns abgegeben hat.«

»Wissen Sie den Namen des Mönches noch?«

»Frau Plotfire, selbst wenn ich Ihnen seinen Namen sage, Angela wird davon auch nicht mehr lebendig.«

»Schwester Benedikta, bei allem Verständnis, es geht hier um eine tote junge Frau, die ganz zufällig bei Ihnen die ersten Schritte in ihrem Leben gelernt hat. Sie wollen mir jetzt doch nicht weismachen, Sie nehmen das alles einfach so hin. Wollen Sie nicht wissen, wie sich das alles zugetragen hat? Wir ermitteln, ja da ist unsere Aufgabe, aber sie haben doch auch noch eine emotionale Bindung zur Toten. Wie heißt der Mönch?«

Die Schwester dreht sich kurz mit dem Rücken zu uns, hält inne, dreht sich wieder zu uns und sagt: »Bruder Berthold. Er ist ein ganz lieber, einfühlsamer Mönch und steht quasi den Damen des Ordens Schwestern der Unschuld immer zur Seite und hilft, wo er kann. Er lebt direkt neben dem Kloster. Seine Abtei ist irgendwo in der Eifel. Er lebt als Abgesandter in der Stadt. Er ist die Verbindung zwischen den Mönchen auf dem Land und den Menschen in der Stadt. Viele wissen, dass sein Häuschen direkt neben dem Kloster steht. Ich glaube, viele vertrauen sich lieber ihm als den Pastoren der Stadt an. Das ist ja auch schwierig, da müssen sie ja erst mal einen Termin bekommen, bevor man mal reden, beichten oder gemeinsam beten kann.«

»Danke, Schwester Benedikta, wir werden uns umgehend mit Bruder Berthold unterhalten müssen. Sagen Sie mal, wie wird das Kinderheim eigentlich finanziert? Es ist wirklich auffallend, wie alles hier so liebevoll und gut ausgestattet ist.«

»Wir leben von Spenden, vorwiegend Kleiderspenden, oder auch Unternehmen der Region, die uns großzügig unterstützen. Wir haben hier nicht nur Waisen, die wirklich Waisen sind. Es gibt Fälle, da wissen wir, dass die Kinder Eltern haben und trotzdem ihr Zuhause bei uns finden. Und so viel kann ich Ihnen auch noch sagen, es ist nicht immer der Fall, dass die Kinder aus sozial schwachen Familien kommen, wo die Eltern nicht wissen dürfen, dass die Kinder bei uns sind. Es gibt einige Fälle, die ich in den letzten Jahrzehnten miterlebt habe, da sträuben sich mir die Nackenhaare. Diese Eltern wissen genau, wo ihr Kind ist. Sie unterstützen das Heim und versuchen so ihr Gewissen zu beruhigen. Es gibt alles, sage ich Ihnen. Allerdings muss ich auch noch erwähnen, wie großzügig die Schwestern der Unschuld das Heim unterstützen. Seit die neue Oberin, die zwar mit ihren 50 Jahren eher ungewöhnlich jung ist für so ein Amt, den Orden führt, erhalten wir so viel Hilfe. Eine Zeit lang ist sie sogar persönlich vorbeigekommen. Eine erstaunliche Frau. Sie wollte allerdings keinen persönlichen Kontakt zu den Kindern. Nie. Sie hat immer hier von meinem Fenster aus in den Garten geschaut, wenn die Kinder gespielt haben. Das war für mich, die ich Kinder liebe, hart. Aber jeder hat ja seine Art zu lieben.«

»Schwester Benedikta, Sie sagten, sie kam. Kommt sie nicht mehr?«

»Na ja, ihre Besuche haben angefangen, da war sie noch keine Oberin, das muss man ihr lassen. Sie hat immer solche Engelsbildchen mitgebracht. Die durfte ich dann den Kindern schenken. Liebe Geste. Die Kinder haben sich immer sehr darüber gefreut.«

Mir läuft es gerade eiskalt über den Rücken und ich weiß auch wieso. Wenn ich mich richtig erinnere, hat Angela in ihrem Kostüm, in dem wir sie gefunden haben, auch noch so ein zerknittertes Engelsbildchen in der Seitentasche gehabt. Moment mal und Frau Hahn, die Besitzerin des Kostümladens, hat auch gesagt, dass sie öfter ein Engelsbildchen im Kostüm gefunden hat.

»Schwester, wann haben die Besuche von der Oberin angefangen und seit wann kommt sie nicht mehr?«

»Na, Frau Plotfire, jetzt seien Sie mal nicht so. Die Schwester Oberin hat bestimmt genug zu tun.«

»Schwester Benedikta, bitte erinnern Sie sich!«

»Ha, das ist jetzt aber auch nicht so einfach. Ist ja schon Jahre her, ihr letzter Besuch war so vor acht oder auch zehn Jahren. Jetzt bringen Sie mich in Verlegenheit, mit dem Rechnen hab ich es nicht so. Also die Oberin ist jetzt 50, wir machen das jetzt Mal übers Alter, mit Jahreszahlen kann ich das gar nicht. Sie ist jetzt 50, sieht man ihr aber echt nicht an. Sie hat so ein schönes Gesicht. Fast wie ein Engel. Egal, Konzentration, Benedikta. Hmm, ja, ich glaube, sie war so um die 30, da stand sie auf einmal vor meiner Bürotür. Und sie hat gesagt, sie würde öfter kommen. Dieses 'öfter kommen' hat sich dann gute zehn Jahre würde ich mal sagen, hingezogen. Auffallend ist wirklich, wenn ich genau darüber nachdenke, dass sie schon fast acht Jahre nicht mehr da war. Aber wissen Sie, mir fällt das auch nur ein, weil heute zufällig Weihnachten ist. Die Kinder haben von Jahr zu Jahr einen Weihnachtsengel für die Frau, die die Engelsbildchen geschenkt hat, gebastelt. Für Kinder ist so ein Status wie Oberin nicht wichtig. Da war sie halt die Frau mit den Bildchen. Wir können gern mal rüber in das Esszimmer gehen. Da steht der Weihnachtsbaum samt gebastelten Engeln. Dann wissen wir auf jeden Fall, wie viele Jahre sie gekommen ist.«

»Ist nicht nötig, Schwester Benedikta. Wir werden uns am besten auch mal mit der Oberin unterhalten. Danke. Aber jetzt sollten wir erst zu dem Mönch. Matze?«

Matze sieht mich die ganze Zeit verwundert an und er weiß, dass ich weiß, dass wir der Lösung des Falls immer näher kommen. Auch wenn wir nicht wissen wieso, es fühlt sich so an, als würden die Puzzleteile zusammenkommen.

»Danke Schwester, Sie haben uns sehr geholfen. Hier noch die Kiste mit den Polizeibärchen. Die sind zwar nicht selbst gebastelt, aber fast so gut wie ein Schutzengelchen. Ihnen fällt schon was ein, wie Sie den Kindern das Positiv mit auf den Weg geben. Für Sie ist auch einer dabei, wenn sie wollen.«

»Danke, die Kinder und ich, wir freuen uns über ihre Geschenke. Warum soll ein Schutzengel nicht auch mal 'ne Polizeikappe tragen, alles ist möglich und der liebe Gedanke und Moment zählt.«

Ja genau, der Moment zählt.

Die Schwester schafft es, dass Matze und ich noch nasse Augen bekommen. O du fröhliche …!

'O du fröhliche …' klingt es auch vor der Tür des Mönchs Berthold. Er singt aus voller Kehle. Das Singen bereitet ihm Freude. Wir klingeln an seiner Tür und vor lauter Singen hört er uns nicht. Aus irgendeiner Musikanlage dröhnt 'ne Kirchenorgel volle Lotte und es ist wirklich kein Wunder, dass er uns nicht wahrnimmt. Auf einmal schrums, ist die Musik aus und es ist leise. Wir hören Schritte auf die Haustür zukommen. So ein Watscheln oder auch Flatschen, wie wir im Saarland sagen, in ganz gemütlichen Pantoffeln. Dann kommt ein Riesenblubbs und wir hören durch das kleine Fenster neben der Haustür: »In meiner Badewanne bin ich Kapitän, will mit dem Seifendöschen spielen, ich drehe auf den Wasserhahn und fühle mich als Kapitän, auf weiter, wilder hoooohher Seeeeee. In meiner Badewanne bin ich Kapitän …«

»Was singt er denn jetzt? Das passt überhaupt nicht zu Weihnachten«, sage ich zu Matze, der mit den Schultern zuckt und noch mal auf die Klingel drückt. Der Gesang bricht ruckartig ab und es herrscht Stille. Kein Blubbern, kein Singen, nichts.

Matze drückt die Klingel ein zweites Mal und sieht mich mit einem Gewinnergrinsen an. Plötzlich hören wir, wie jemand hinter der Haustür ruft: »Gott segne Euch, wie kann ich Euch helfen?«

»Indem Sie die Tür öffnen, und sich mit uns unterhalten, wir sind von der Polizei!«, sage ich ganz freundlich, aber bestimmt.

»Ja, das kann ja jeder sagen, bitte werft euren Dienstausweis durch den Briefschlitz und dann mache ich auf!«

»Das ist ein Witz«, sage ich und er antwortet prompt:

»Nö, das ist mein Ernst, Gott sei mit dir. Wenn du wirklich von der Polizei bist, Schwester, öffne ich selbstverständlich die Tür!«

Na, der ist ja gut drauf. Aber recht hat er, kann ja jeder sagen, er sei von der Polizei. Also zücken Matze und ich unsere Dienstausweise und werfen sie durch den Briefschlitz. Ich weiß, müssen wir nicht, aber bei dem Mönch habe ich überhaupt keine Bedenken, dass wir die nicht wiederbekommen.

»Danke liebe Schwester, lieber Brüder, ich muss mir schnell einen Bademantel überwerfen und dann mache ich euch auf.«

»Alles klar, wir warten«, ruft Matze so laut, als wäre der Mönch Kilometer entfernt von uns. Mir fallen fast die Ohren ab. Ich schaue Matze fragend an und er lächelt zurück und sagt:

»Ich wollte ihm nur mit meinem lauten Subtext sagen, er soll sich beeilen.«

»Ach so, Matze, ok, habe ich verstanden.«

Die Tür öffnet sich und die Stimme, wahrscheinlich die des Mönchs bittet uns herein.

»Danke«, sagen Matze und ich im Chor und prallen vor lauter Neugier fast aufeinander.

»Nach dir, Mary.«

»Danke, Matze.«

Der Flur des kleinen Hauses ist dunkel, die Tür gleich links, aus der der Gesang kam und sich das Fenster neben der Haustür befindet, ist geschlossen. Am Ende des Flurs ist Licht. Offensichtlich in der Küche.

Dort erwartet uns ein älterer Herr, graue Haare, sehr sympathisches Gesicht, blaue Augen, große Ohren und mit einem ebenfalls sympathischen Kugelbauch unter seinem flauschigen Bademantel versteckt. Seine Haare sind noch nass und er war mit Sicherheit, wenn auch nur für eine Minute, in der Badewanne.

»Guten Tag, o du fröhliche, was verschafft mir die Ehre?«

»Sie sind doch der Mönch Berthold?«

»Ja, der bin ich, und Sie sind hier, weil …?«

»Entschuldigen Sie, mein Kollege Mathias Reeb, und ich bin Mary Plotfire, wir sind von der Polizei aus dem Saarland. Wir sind hier, weil wir einen Todesfall aufklären müssen. Wir haben am 21. Dezember am Waldrand unseres Dorfes eine tote, junge Frau, bekleidet mit einem Nonnenkostüm, gefunden.«

»Aha, ich verstehe, und wie kommen Sie jetzt zu mir?«

»Die junge Frau ist aus Trier, sie ist hier im Waisenhaus aufgewachsen. Sie heißt Angela Orlean, sagt Ihnen der Name etwas?«

»Leider nein, ich kenne die Schwestern des Ordens alle.«

»Bruder Berthold, wir sprechen nicht von den Schwestern, wir sprechen von den Kindern aus dem Waisenheim. Ist Ihnen der Name wirklich nicht bekannt?«

»Frau Plotfire«, sagt er sehr bestimmt und doch noch höflich, »ich kenne keine junge Frau, die Angela Orlean heißt. Wirklich. Da kann ich Ihnen nicht weiterhelfen.«

»Vielleicht kann ich Ihnen auf die Sprünge helfen«, sagt Matze ganz selbstbewusst und legt los: »Sie haben doch vor etwa 25 Jahren ein Neugeborenes im Waisenhaus abgegeben. Das war ganz zufällig auch kurz vor Weihnachten, stimmt's?«

Moment mal, jetzt bin ich aber platt. Das mit ganz zufällig vor Weihnachten habe ich ja gar nicht mitbekommen. Da zieht Matze auf einmal ein Stück Papier hervor. Ich lese und traue meinen Augen nicht. Eine Urkunde, auf der tatsächlich die Aufnahme des Säuglings im Waisenheim protokolliert ist.

Am 21. Dezember 1988 abgegeben. Richtiger Name unbekannt. Allerdings ein Wunsch, von Hand auf das Blatt geschrieben, von wem auch immer. Bitte als vollständigen Namen für das Kind Angela Orlean eintragen.

Dieses Schriftstück hat Matze wohl im Waisenhaus mitgehen lassen.

»Bruder Berthold, jetzt versuchen Sie sich mal zu erinnern. Wer hat Ihnen das Kind anvertraut, haben Sie die Anschrift der Mutter? Wissen Sie vielleicht, mit wem wir reden können?«

Die Gesichtsfarbe des Mönches wechselt von erregt rot auf totenbleich. Der Schweiß läuft ihm von der Stirn und er wischt sich schnell mit der Hand die Schweißperlen aus dem Gesicht. Matze, voller Tatendrang, zückt sein Karotaschentuch, mittlerweile zum dritten Mal und ich glaube, ich sehe nicht richtig. Also zuerst Frau Hahn, dann die Schwester Benedikta und jetzt noch der Mönch Berthold. Es wird Zeit, Bescherung zu machen. Matze braucht dringend neue Stofftaschentücher.

Ich kann das nicht fassen. Aber egal, ich glaube, dem Mönch ist das jetzt auch alles egal. Er wischt sich erst die Schweißperlen vom Gesicht, dann die ersten Tränen, die laufen, und dann schnäuzt er kräftig in das Taschentuch. »Jesus und Maria«, sagt er und ist fix und fertig. Ich schaue noch einmal auf die Urkunde und sorry, ich muss jetzt nachhaken und ihn noch mal auf den Namen, der handschriftlich auf das Papier geschrieben ist, ansprechen.

»Bruder Berthold, Sie haben das Stück Papier unterschrieben, richtig?«

»Ja«, seufzt er.

»Hier unten ist handschriftlich noch ein Name hingeschrieben worden, Angela Orlean. Haben Sie Angela Orlean da hingeschrieben?«

»Nein, ich schwöre bei Gott, ich habe diesen Namen nicht auf das Papier geschrieben.«

So langsam verstehe ich nur noch Bahnhof und versuche, ruhig zu bleiben. Matze schaut mich an und nickt, als wüsste er, was los ist. Er zieht mich ran und flüstert:

»Schwester Benedikta hat mir beim Verlassen des Hauses den Zettel in die Jackentasche gesteckt. Wetten, dass die weiß, wer den Namen da unten hingeschrieben hat.«

»Und wenn die jetzt auch plötzlich nach 25 Jahren nicht mehr weiß, wer das geschrieben hat?« flüstere ich zurück.

»Tja, dann eben Pech«, sagt er und ist sichtlich verunsichert.

Aber manchmal hat er ja auch recht, vielleicht sollte ich ihn nicht entmutigen. Aber, dass er mir das Schriftstück nicht vorher gezeigt hat, das wird zu Hause noch diskutiert. Bei mir hier den Helden spielen und den Joker aus dem Ärmel ziehen, was soll das denn bitte. Aber professionell, wie ich bin, werde ich ihn nicht mitten im Verhör zur Rede stellen.

»Bruder, Sie erinnern sich an den Fall vor 25 Jahren. Ich frage Sie noch einmal, wer hat Ihnen das Kind anvertraut?«

»Ich darf Ihnen das nicht sagen, ich muss mich an das Beichtgeheimnis halten.«

»Darf ich Sie daran erinnern«, höre ich mich selbst sehr bestimmt und nicht mehr freundlich sagen: »Wir müssen diesen Todesfall aufklären.«

»Ich will einen Anwalt.«

»Wie bitte?« ruft Matze jetzt völlig entrüstet.

»Bitte geben Sie mir einen Tag, dann erzähle ich Ihnen, was ich weiß. Allerdings glaube ich nicht, dass auch nur ein Funke von dem was ich weiß, etwas mit dem Tod der jungen Frau zu tun hat. Ganz sicher. Vertrauen Sie auf Gott!«

»Oha«, höre ich wie aus der Ferne Matze sagen. Wieder sehe ich die tote junge Frau im Schnee liegen, und wie die Schneeflocken auf ihrem hübschen, anmutigen Gesicht tanzen. Wie sie so friedlich da liegt, als wäre sie dort angekommen, wo sie hinwollte. Ich fange mich wieder und sage: »So kommen wir hier nicht weiter. Sie haben genau eine Stunde, dann kommen wir wieder und dann sagen Sie uns, was Sie wissen, sonst … sonst nehme ich Sie fest. Wegen Behinderungen an unseren Ermittlungen. In einer Stunde. Haben wir uns verstanden und föhnen Sie sich die Haare trocken!«

Matze und ich verlassen das Haus und steigen in den Wagen. Matze legt gleich los: »Sag mal Mary, das war doch nicht dein Ernst oder? Den Bruder am Weihnachtsabend in die Zelle sperren. Sie ist tot und der Mann hat ihr vor 25 Jahren vielleicht schon das Leben gerettet. Wer weiß, vielleicht hätte die Mutter sie damals schon … Ach, ich weiß ja auch nicht.«

»Eben, Matze, wir wissen noch fast gar nichts. Wir fahren jetzt zum Waisenhaus zurück und hoffen auf deine Theorie, dass die Schwester Benedikta uns sagen kann, wer um diesen Namen gebeten hat.«

»Ja Mary, das machen wir, und wenn die sich auch nicht erinnern kann, dann können die beiden ‘ne Dinner for two-Party in der Zelle feiern.« Aha, der alte Matze, so gefällt er mir am besten. Kampfgeist mit Humor. Aber er hat recht, wenn die beiden nicht helfen wollen, dann müssen wir eben konsequent sein.

Vor dem Waisenhaus angekommen schaue ich auf die Uhr. Wahnsinn, wie die Zeit vergeht.

»Matze, wir müssen Otto sagen, dass wir später zur Weihnachtsfeier kommen.«

»Ja Mary, rufst du ihn an oder soll ich Bescheid sagen?«

»Ruf du ihn bitte an.«

»Ok, mache ich. Was soll ich denn sagen, wann wir kommen?«

»Sag einfach, wir wissen es nicht.«

»Ok, Mary, mache ich!«

Als wir am Waisenhaus angekommen sind, gehe ich noch einmal um diesen Schneemann herum und höre plötzlich eine Kinderstimme: »He, da steht ‘ne Tante mit einem schwarzen Hut bei unserem Schneemann.« Dann spricht die Kleine mich direkt an: »Hallo, wer bist du? Kommst du uns jetzt öfter besuchen?«

Mir fällt nichts Besseres ein als »Hallo, ich bin Mary und du?«

»Ich heiße Nannette, bin acht Jahre alt und freue mich tierisch, dass Weihnachten ist. Und weißt du was, wenn wir gesungen haben, dann machen wir Bescherung, na ja, wenn jeder von uns noch ein Gedicht gesagt hat.« Plötzlich sagt sie nichts mehr. »Wieso bist du jetzt so still?« frage ich sie.

»Och, weil zwei der Jungs ihr Gedicht nicht gelernt haben und es passieren kann, dass wir dann alle keine Geschenke bekommen. Und außerdem ist die Schwester seit Sie und der Mann da drüben schon mal hier waren, so traurig. Könntest du sie nicht wieder zum Lachen bringen?«

»Oh je, ich fürchte, ich kann sie nicht zum Lachen bringen, aber ich kann mal mit ihr reden, dass ich es nicht ok finde, wenn ihr alle keine Geschenke bekommt, nur weil zwei der Jungs ihr Gedicht nicht gelernt haben. Meinst du, die beiden Jungs können singen?«

Die Kleine sieht mich verwundert an. »Ja, ich glaube schon!«

Ich krame in meiner Manteltasche und finde meinen kleinen schwarzen Kamm. »Nannette, kannst du ein Stück Butterbrotpapier besorgen?«

»Klar, aber was willst du denn damit? Deinen Kamm einpacken?«

»Nein, ich werde einem der beiden schnell zeigen, wie man auf dem Kamm Weihnachtslieder pusten kann. Dann kann der eine pusten und der andere singen, oder ihr alle singt zur Verstärkung und die Schwester freut sich!«

»Meinst du?« schaut die Kleine mich fragend an.

»Ja, ich glaube ganz bestimmt.«

Sie saust davon. Matze steigt aus dem Auto.

»Alles klar Mary, alle haben vollstes Verständnis. Otto ist zwar ein wenig traurig, hab ich an seiner Stimme gemerkt, aber er kann uns verstehen. Sie freuen sich alle, wenn wir überhaupt noch aufkreuzen.«

»Danke Matze, musst du denn vorher noch woanders hin?«

»Nö, und du?«

»Nö, ich auch nicht, das heißt doch, schnell noch die Weihnachtsgeschenke bei mir zu Hause abholen!«

»Klar Mary, das schaffen wir auch noch!« Und schon steht die kleine Nannette vor uns mit einem Stück Butterbrotpapier. Sie schaut mich erwartungsvoll an.

»Matze, kannst du ein Weihnachtslied singen?«

»Klar, Mary. Welches möchtest du hören?«

»Wie wäre es denn mit: 'Ein kleiner weißer Schneemann'?«

»Alles klar.«

Matze stellt sich in Sängerpose, schaut mich groß an und wartet auf seinen Einsatz. Ich falte das Butterbrotpapier und lege den Kamm in die Legefalte. Halte rechts und links die Enden des Kamms fest. Meine Lippen berühren das Butterbrotpapier in der Mitte des darunter festgehaltenen Kammes und los geht's. Ich puste was das Zeug hält die Luft samt Melodie durch das Butterbrotpapier. Unser improvisiertes Blasinstrument hört sich super an und die Kleine tanzt vergnügt vor uns herum.

»Das ist soo klasse, danke Tante Mary, so darf ich doch zu dir sagen?«

»Ja, klar«, sage ich und mir wird bewusst, dass ich soeben eine Freundschaft eingegangen bin, die jede Menge Verantwortung verlangt.

»Nannette, sollen wir mal ins Haus gehen und sehen, wo die Jungs stecken?«

Matze schaut mich während der ganzen Zeit so liebevoll lächelnd an, als wolle er mir signalisieren: »Alles richtig gemacht, Mary«. Danke, Matze.

Im Haus warten schon die anderen Kinder, die die ganze Zeit wohl vor dem Fenster die Situation beobachtet haben. Die Kinder schauen uns erwartungsvoll an. Nannette ergreift das Wort:

»Das sind die Tante Mary und ihr Kollege.« Sie dreht sich um, schaut Matze an und flüstert:

»Sie heißen doch Matze, hab ich doch eben gehört?«

»Ja, genau«, sagt Matze und ist sichtlich froh.

»Ja, das ist also Tante Mary und ihr Kollege Matze, der kann übrigens echt gut singen. Thomas und Jakob, ihr habt doch vergessen, euer Gedicht zu lernen.« Thomas und Jakob schauen Nannette ganz verwundert an.

»Und die Tante Mary, also ich hab ihr nix gepetzt, das ist mir so rausgerutscht, die hat 'ne Idee, wie wir Schwester Benedikta überraschen können und auf jeden Fall unsere Geschenke bekommen. Tante Mary, jetzt bist du dran.«

»Alles klar, kennt ihr das Lied 'Ein kleiner weißer Schneemann'?«

»Na, klar!«, schreien die Kinder im Chor.

»Ok, auf geht's, der Onkel Matze gibt euch jetzt Kommando.« Onkel Matze schaut mich etwas verwundert an und dann legt er los.

»Eins, zwei, drei … Ein kleiner, weißer Schneemann …« singen alle und ich puste durchs Butterbrotpapier. Herrlich. Der kleine Jakob steht auf einmal neben mir und zieht an meinem Arm.

»Wenn Sie wollen, Tante Mary, ich übernehme, ich meine, ich würde es sehr gerne mal ausprobieren.« Er nimmt den Kamm im Butterbrotpapier in die Hände und pustet los. Ja, das sind Kinder, die machen sich keine Gedanken, ob etwas komisch aussieht oder sie sich blamieren. Sie tragen die Spielfreude und Spontanität in sich und leben den Moment. Herrlich. Was für ein Moment!

Plötzlich kommt Schwester Benedikta und schaut uns alle fragend an. Die Kinder singen voller Begeisterung mit Matze weiter.

Die Schwester kann ihren traurigen Blick nicht verbergen und startet den Versuch, ein leichtes Lächeln aufzusetzen.

»Schwester, wir wollten nur ...«, sage ich und sie fällt mir ins Wort.

»Alles gut, Frau Plotfire, Sie wollen sich bestimmt mit mir unterhalten und sind nicht nur für eine Chorprobe gekommen?«

»Stimmt, wir müssen uns noch einmal mit Ihnen unterhalten, Schwester.«

Die Kinder kapieren sofort, dass es angebracht ist, sich zurückzuziehen, und dass Ruhe im Raum jetzt für alle Beteiligten das Beste ist. Der kleine Jakob hält mir den Kamm im Butterbrotpapier hin und ich nicke, nach dem Motto, du kannst ihn behalten. Er schnallt das sofort, nickt mit einem riesigen Grinsen im Gesicht zurück, gibt den anderen Kindern ein Zeichen und alle verschwinden auf der Stelle. Diese Empathie ist erstaunlich oder auch wieder nicht.

Wir gehen mit Schwester Benedikta in ihr Büro. Sie schließt die Tür. Auf der Fensterbank in ihrem Büro brennt eine weiße Kerze. Neben der Kerze steht ein kleiner Engel aus Holzstückchen gebastelt. Neben dem Engel liegt ein leicht zerknittertes Blatt Papier. Auf dem Blatt steht in Kinderschrift geschrieben: Wenn ich groß bin, werde ich ein Engel. Unter dem Wort Engel ist von Kinderhand eine Engelsfigur gemalt. Große Flügel und ein Lächeln im Gesicht. Um den Engel sind ganz viele Punkte von oben her gemalt. Es ist, als hätte das Kind Schneeflocken gemalt. Als ich so auf das Bild schaue und die Punkte über dem Engel sich in Schneeflocken verwandeln, wird mir bewusst, wer dieses Bild als Kind gemalt hat. Die Schwester steht am Fenster schaut nach draußen. Matze und ich bringen kein Wort heraus.

Nach einigen Minuten breche ich die Stille auf: »Schwester Benedikta, wer hat damals den Wunschnamen Orlean auf die Aufnahmeurkunde des Kindes geschrieben?«

Sie dreht sich um und schaut mir in die Augen. »Die Oberin.«

»Die Oberin des Ordens der Unschuld?«

»Ja.«

»Wann war das, und können Sie sich erklären warum?« frage ich ganz behutsam.

»Es war so ungefähr ein halbes Jahr nach ihrem ersten Besuch. Da war Angela fünf Jahre alt. Sie hat mich gebeten, ihr die Aufnahmeurkunde zu geben. Ich habe mich gewundert, warum sie das wollte. Dann habe ich ihr die Geschichte von der Kleinen erzählt, dass sie als Frischgeborene quasi von Mönch Berthold bei uns hier abgegeben wurde, dass wir keinerlei Hinweise darauf haben, wo die Kleine herkommt. Dass sie aber ein ganz gescheitetes, liebes Mädchen ist, eher zerbrechlich und mit einem großen Herzen, das für die Gerechtigkeit schlägt. Dann habe ich ihr das Bild gezeigt, das die Kleine gemalt hatte. Die Oberin hat damals kein Mitgefühl gezeigt, sie hat einen Stift gegriffen und Angela Orlean auf die Urkunde geschrieben. Ich habe mich nicht getraut, Fragen zu stellen. Vielleicht wollte sie einfach, dass die Kleine einen würdevollen Namen trägt.«

Matze und ich haben Tränen in den Augen.

Ist das jetzt, weil Weihnachten ist und diese Geschichte immer trauriger wird? Oder weil uns das Leben in seinen Bann zieht und sagt: Hallo, diese Lebensgeschichte hat einen Anfang und ein Ende. Und dem Ende seid Ihr nahe. Was für eine Bescherung. Jede Endbewegung hat eine Anfangsbewegung. So auch unser Fall.

»Danke, Schwester, für die Informationen, bitte seien Sie nicht so hart mit den Kindern, nur weil zwei ihr Gedicht nicht gelernt haben. Ich glaube, die Kinder hier bei ihnen haben es verdient, heute beschert zu werden. Wer weiß, wie ihre Lebensgeschichten weitergehen.«

»Wie kommen Sie denn darauf, Frau Plotfire? Ich habe den Kindern noch nie die Bescherung an Weihnachten vorenthalten.« Langsam fängt sie sich wieder und sagt: »Nannette!« Ich muss fast grinsen – trotz meiner angeknacksten Gefühlslage.

»Ja, Nannette!«

»Ach, Frau Plotfire, der sind Sie aber schön auf den Leim gegangen. Das macht sie immer mit Fremden. Sie ist so intelligent und bindet sehr schnell die Menschenherzen an sich. Ich kann es aber auch verstehen. Aufmerksamkeit und Beachtung müssen diese Kinder sich eben verschaffen, oder sie gehen leer aus. Bitte seien Sie jetzt nicht böse auf Nannette. Sie ist einfach, wie man bei uns sagt, ein Biiwii.«

Biiwii bedeutet auf Saarländisch so viel wie gewitzt. Dass die das in Trier auch kennen, wusste ich nicht. Ja, ein Biiwii ist die Kleine. Immerhin ist ihr die Hauptkommissarin Plotfire auf den Leim gegangen. Hoffentlich bleibt sie so und setzt sich durch.

»Matze, wir müssen weiter.«

»Ja«, sagt er kurz und ich spüre, wie dieser Bär von Mann sichtlich berührt ist. Die Schwester schließt die Tür hinter uns, wir hören, wie die Kinder anfangen zu singen und – hoppla – einer oder eine bläst auf dem Kamm.

Die Schritte durch den Schnee, es hat sich richtig eingeschneit, fallen uns schwer. Als wir im Auto sitzen, schauen wir uns an und nicken. Matze startet den Motor und wir fahren los.

Vor dem Kloster der Schwestern der Unschuld hält unser Wagen an. Wir reden nicht miteinander. Matze geht rüber zum Haus von Mönch Berthold und klingelt. Er schüttelt den Kopf. Der Mönch ist nicht zu Hause. Wir gehen wie in einem Nebel durch die Gänge bis zum Vorzimmer der Oberin. Da klingelt das Telefon von Matze.

»Bonjour, spreche ich mit Herrn Reeb?«

»Oui, also joo«, brummelt Matze vor sich hin.

»Ich bin fix und fertig mit den Nerven, ich halte das alles nicht aus.«

Matze schaut zu mir und spricht in sein Telefon: »Jetzt beruhigen Sie sich, wo sind Sie?«

»In Trier«, sagt die Stimme am anderen Ende der Leitung. Dann fragt die Stimme:

»Und wo sind Sie?«

»In Trier«, antwortet Matze beruhigend und zieht den Busenflyer aus seiner Jackentasche und hält ihn mir vor das Gesicht und flüstert:

»Sie ist es.«

Ich nicke kurz und beobachte ihn weiter.

»Das ist ja wie Weihnachten, können Sie sich mit mir treffen? Ich dreh sonst durch. Ich werde ihnen auch alles erzählen.«

Matze schaut jetzt noch verblüffter zu mir und sagt:

»Kommen Sie zum Kloster der Unschuldigen Schwestern, dort sind wir.«

Ich schaue Matze gespannt an und nicke noch einmal.

»Ja, danke, ich mache mich auf den Weg, ich brauche ungefähr 'ne viertel Stunde. Eh Monsieur Reeb. Dankee. Vielen erzlichen Dank, merci.«

Matze schaut aufgeregt zu mir und in dem Moment öffnet sich die Tür zum Vorzimmer der Oberin. Die Oberin selbst steht in der Tür und sagt:

»Bitte kommen Sie doch herein.«

Das lassen wir uns nicht zweimal sagen.

Im Büro der Oberin sitzt bereits, zweimal darfst du raten, ja was glaubst du denn wer, unser Mönch Berthold. Na, so ein Zufall. Sein Gesichtsausdruck spricht Bände. »Hallo«, sage ich und Matze zieht mit einem würdevollen »Bruder Berthold« nach.

»Bitte setzen Sie sich doch«, sagt die Oberin.

In ihrem Büro steht eine kobaltblaue Sitzgruppe gleich rechts neben der Tür. Ein Sofa, zwei Stühle, in der Mitte ein schwarzer Nierentisch. Über dem Sofa hängt das Bild der Vorgängerin der Oberin. »Das war die Mutter Oberin Agnese, meine Vorgängerin.«

»Ah«, sage ich und bin von der Ausstrahlung dieser Frau auf dem Bild beeindruckt.

»Ein wunderbares Ölbild«, sagt Matze ein wenig tapsig. Er versucht die Situation etwas aufzulockern. Ist aber gerade eher schwierig. Wir sind alle angespannt. Ich muss jetzt anfangen, Fragen zu stellen.

»Mutter Oberin, wir sind hier, weil wir von Ihnen wissen möchten, warum Sie den Namen Orlean für die Tote, die wir im Saarland gefunden haben, sprich Angela Orlean, als Wunschnamen auf die Aufnahmeurkunde im Waisenhaus geschrieben haben. Das waren doch Sie?«

»Ja, das war ich. Ich will Ihnen jetzt meine Geschichte erzählen, damit Sie verstehen, wieso ich so gehandelt habe.«

Matze schaut mich so ernst an wie schon lange nicht mehr, dann wendet er den Blick zur Oberin. Sie geht zum Fenster, setzt sich in ihren Bürosessel hinter ihrem Schreibtisch. Vor dem Schreibtisch sitzt unser Mönch Berthold. Er nickt ihr zu nach dem Motto: Lass es alles raus, ich bin da.

»Mir selbst wurde der Name Genovefa gegeben von der Mutter Oberin Agnese. Meinen bürgerlichen Namen Ruth Müller habe ich mit dem Gelübde abgelegt. Ich bin mit neunzehn in den Orden eingetreten und ich war … « Sie stockt, fasst sich mit der rechten Hand an die Stirn und holt tief Luft.

Sie beginnt von Neuem: »Ich war fünfundzwanzig, als ich diesen Unfall hatte.«

Sie stockt schon wieder und schaut zu dem Mönch. Der nickt ihr wieder zu und sagt:

»Genovefa, die Wahrheit ist deine Geschichte und ich bin sicher, Gott wird dir vergeben. Aber vorher musst du alles ins Reine gebracht haben und du solltest dir selbst vergeben.« Die Oberin verzieht keine Miene, ihre Augen frieren ein.

»Ich war fünfundzwanzig. Meine Probezeit im Orden war gerade um. Gerne bin ich mit dem Fahrrad aus dem Orden in die Stadt gefahren. Eines Abends habe ich einen Krankenbesuch gemacht, der etwas länger gedauert hat. Es war etwa eine halbe Stunde vor Mitternacht, als ich zurück zum Orden wollte. Ich bin losgefahren und dachte noch, was für ein schöner Frühlingsabend. In Gedanken versunken bin ich gefahren und gefahren. Vor der Klostermauer saß ein Mann und der sprach mich an. Er sagte, er bräuchte Hilfe. Da hab ich spontan angehalten. Als ich vor ihm stand, hat er mich auf den Boden gerissen und vergewaltigt. Er sagte, er hoffe, dass der liebe Gott zuschaut, was Menschen wirklich bräuchten und dass genau daraus auch wieder Menschen entstünden.

Menschen, die vielleicht im Leben keine Chance bekommen und die es schwer haben, überhaupt zu überleben. Er hat mich geschlagen und ich habe stark am Kopf geblutet. Bruder Berthold kam aus der Kirche, weil er die Glocken zur Mitternacht geläutet hatte. Gott sei Dank hat er mich gefunden und ins Kloster gebracht.«

Gerade hat sie ihren Satz beendet, da knallt die Tür auf und die französische Madame, die vor ein paar Minuten noch mit Matze telefoniert hat, stürmt in das Büro der Oberin. Sie knallt die Tür zu. Was zum Teufel ist hier nur los, denke ich und schon fängt das Fräulein an zu schreien und zeigt mit dem Finger auf die Oberin:

»Sie, sie ist schuld, dass Angela tot ist! Sie hat sie nicht in den Orden gelassen. Wegen dir hat sie sich umgebracht. Sie hat dieses Leben, ohne Gott, wie sie gesagt hat, nicht mehr ertragen. Sie hat sich den goldenen Schuss gesetzt und mir diesen Brief hinterlassen. Die Drecksarbeit, die durfte ich machen.«

»Entschuldigung«, sage ich blitzschnell, »darf ich bitte diesen Brief sehen, ich bin Hauptkommissarin Mary Plotfire. Hier mein Dienstausweis.«

»Ihnen glaube ich mehr, auch wenn Sie von der Polizei sind, als diesem falschen Pinguin in Schwarz-Weiß. Alles nur ein Kostüm, eine Fassade, hinter der die werten Damen sich verstecken. Wenn auch nur ein Funke hier echt wäre, dann hätten die Damen Angela eine Chance gegeben. Ja, sie war eine Hure, aber warum? Sie wollte das alles hinter sich lassen und Gott um Verzeihung bitten. Aber hier war sie ja als arme Seele nicht gut genug. Heißt es nicht immer, Gott kann alles verzeihen? Gott sieht alles? Warum hat er nicht gesehen, dass Angela ihn braucht? Sie war auch ein Kind Gottes und sie hat es immer schwer gehabt. Keine Familie, ich hatte eine, auch wenn sie beschissen war, aber ich hatte eine. Angela hatte niemanden. Sie wurde von Gott gleich nach ihrer Geburt in diese Welt gegeben und musste irgendwie überleben.«

»Entschuldigung, kann ich bitte den Brief haben?«, frage ich jetzt noch emphatischer.

»Hier, lesen Sie es, ich komme allein eh nicht damit klar.«

Ich nehme den Brief und beginne laut zu lesen, weil ich denke, alle Anwesenden sollen auf dem gleichen Stand sein:

Geliebte Freundin, ich danke Dir von Herzen für alles, was Du je für mich getan hast. Ich wollte immer ins Kloster, aber wie Du weißt, konnte der Orden der Unschuldigen Schwestern mich nicht aufnehmen. Die Oberin hatte leider keine Zeit mit mir zu sprechen, wenn ich sie persönlich getroffen hätte, hätte sie mir bestimmt eine Chance zur Bewährung gegeben. Aber leider reicht meine Kraft nicht mehr. Ich habe so eine Sehnsucht nach Ruhe. Das Vorsprechen vor den Nonnen hat mich mehr Kraft gekostet, als ich dachte. Deshalb entscheide ich jetzt selbst. Ich werde Gott nahe sein und das ist mein innigster Wunsch. Eine Bitte habe ich, wenn Du den Brief gelesen hast, versuch mich zu verstehen. Sei nicht böse auf mich, bitte. Wenn Du es schaffst, bei Frau Hahn ein Nonnenkostüm zu besorgen, zieh es mir an. Dann ruf Jackomo an und sag ihm, ich bin bereit für meine letzte Reise. Zum Kreuz des Herren und meinen Schwestern. Jackomo weiß, wo ich hin will. Bitte hilf ihm. Er hat mich wirklich lieb. Ich danke Dir und wünsche Dir Gottes Segen auf all Deinen Wegen!

Im Büro der Oberin herrscht Totenstille. Ich fasse mich und sage: »Und nachdem Sie den Brief gelesen haben, haben Sie den letzten Wunsch ihrer Freundin erfüllt?«

»Ja, aber der Kostümladen war geschlossen und Jackomo, der sie ja soo geliebt hat, nicht aufzufinden.«

»Der war auf einer Erotikmesse«, sagt Matze kleinlaut.

»Matz, das ist jetzt auch egal. Sie haben also, Entschuldigung, wie heißen Sie eigentlich? Miriam? Chantalle?«

»Nee! Ecker Sabine, ich habe keinen Künstlernamen wie viele Kolleginnen, ich bin einfach die Biene. Sagen Sie ruhig Biene zu mir, das geht klar.«

»Biene, Sie haben also Angela Orlean nach Hülzweiler gebracht und ver- beziehungsweise begraben? Ganz alleine? Oder hat Ihnen jemand geholfen?«

Biene schaut zu Mönch Berthold und der ist wie erstarrt. »Na ja, ich habe ja gar nicht gewusst, dass es im Saarland diesen Platz mit diesem Kreuz gibt, und da bin ich zu Bruder Berthold, der ja neben dem Kloster wohnt, und habe ihn gefragt, ob er weiß, wo das ist?«

»Und dann haben Sie ihn gleich gefragt, ob er Ihnen hilft?«

»Ja, genau.«

Bruder Berthold nickt und sagt keinen Ton.

»Biene«, sage ich fassungslos, »und vorher sind Sie in den Kostümladen eingebrochen und haben das Kostüm geklaut?«

»Ja, komm ich jetzt ins Gefängnis, gibt's da was zu essen, vielleicht was Gutes, weil Weihnachten ist? Bitte sperren Sie mich ein, ich kann nicht in unsere Wohnung zurück. Ich sehe ständig, wie Angela auf dem Boden liegt, als würde sie schlafen, und wie dieser Brief neben ihr liegt.«

»Ehmm, Sie können hier bleiben, wenn die Polizei es erlaubt«, sagt auf einmal die Oberin.

Matze und ich schauen uns an und nicken synchron mit den Köpfen. Die Oberin greift zum Hörer:

»Schwester Severa, wir haben eine Neuaufnahme, ein echtes Christkind, bitte kommen Sie doch in mein Büro.«

Es dauert keine zwei Minuten, dann klopft es an der Tür und Schwester Severa tritt ein. Sie lächelt Biene liebevoll an, nimmt sie in den Arm und sagt:

»Herzlich willkommen im Orden der Schwestern der Unschuld!« Biene lässt die Tränen laufen und verlässt mit der Schwester den Raum.

Die Oberin fährt mit ihrer Geschichte fort, als hätte dieses ganze Spektakel gerade nicht stattgefunden.

»Ich habe dann das Kind ausgetragen und es so gut wie möglich vertuscht, also die Vergewaltigung. Es stand mir frei, mit dem Kind den Orden zu verlassen, und ich habe mich für den Orden entschieden. Wahrscheinlich wäre ich eh keine gute Mutter geworden, weil mein Herz diesem Kind gegenüber so still war. Bruder Berthold hat mir geholfen und meinen Willen, das Kind direkt nach der Geburt wegzubringen, respektiert. Ich habe sie dann erst im Alter von fünf Jahren das erste Mal gesehen, und damals dachte ich, es war die richtige Entscheidung, sie ins Heim zu geben. Außerdem wollte ich auch trotz dieses Schicksalschlages Oberin vom Orden der Schwestern der Unschuld werden. Ja, ich bin die leibliche Mutter von Angela Orlean und ich bin stolz auf sie. Sie hat gekämpft bis …« Der Oberin laufen, obwohl sie keine Miene verzieht, die Tränen über die Wangen, ihr Blick ist wie eingefroren.

Matze und ich gehen zum Auto und sind vollkommen sprachlos. Ich hatte Ihnen, pardon wir waren ja schon beim Du, Dir ja gesagt, ich erzähle Dir heute von einem Fall, den ich mir als Hauptkommissarin nie hätte träumen lassen. Wie wahr. Ich schaue auf die Uhr und die Zeiger stehen auf neun. Prima.

»Matze, sollen wir mal bei den anderen anrufen?«

»Ja, Mary, gute Idee!«

»Meerry Christmas«, trillert mir Otto ins Ohr. »Mary, kommt ihr noch?«

»Ja, Otto, wir sind auf dem Weg, ich muss nur noch kurz zu Hause vorbei, Eure Weihnachtsgeschenke ins Auto packen. Ich schätze so gegen elf sind wir bei euch!«, antworte ich. Matze und ich schweigen während der gesamten Autofahrt. Im Licht der Straßenlaternen tanzen die Schneeflocken.

An meinem Gartenhaus angekommen sehe ich, dass ein Geier auf der Bank vor meiner Haustür sitzt. Ich gehe auf ihn zu, der Arme friert und zeigt mit seinem Schnabel auf sein umgeschnalltes Ledertäschchen.

Nach dem Motto: So, jetzt bitte schnell öffnen, damit ich endlich nach Hause fliegen kann. Ich öffne das Ledertäschchen und nehme das zusammengefaltete Papier in die Hand. Dem Geier gebe ich schnell noch seine Belohnung. Der futtert ganz schnell sein Stückchen getrockneten Aal und hebt ab.

Ich falte den Zettel auseinander und lese:

Liebe Mary, danke, dass Du meine Freundin bist. Du bist das größte Geschenk für mich. Weihnachten ist für mich, wenn ich mit Dir Pastis trinke und Du von Deinen Fällen erzählst. Dieser Weihnachtsfall ist ein Christkindfall – wie Du es von Anfang an gesagt hast, eine traurige Geschichte, da bin ich mir sicher.

Aber auch traurige Geschichten müssen geklärt werden. Wir müssen uns dem Leben stellen. Die schönsten und auch traurigsten Geschichten schreibt das Leben.

Hier ein Gedicht von Rainer Maria Rilke, mein Weihnachtsgeschenk für Dich:

Das ist die Sehnsucht: wohnen im Gewoge
und keine Heimat haben in der Zeit.
Und das sind die Wünsche: leise Dialoge
täglicher Stunden mit der Ewigkeit.
Und das ist das Leben. Bis aus einem Gestern
die einsamste von allen Stunden steigt,
die, anders lächelnd als die andern Schwestern,
dem Ewigen entgegen schweigt.

Ich lese diese Zeilen und bin tief berührt. Wie sie es wieder geschafft hat, den Nagel auf den Kopf zu treffen. Ein wahres Weihnachtsgeschenk, womit wir wieder beim Thema sind.

Oh Mann, Matze sitzt im Auto und wartet. So, jetzt schnell die Geschenke in den Rucksack gepackt und ab zur Werkstattweihnachtsfeier.

»Na endlich, Mensch Mary, was war denn los, ich dachte, du kommst gar nicht mehr.«

»Matze, ich habe mein erstes Weihnachtsgeschenk für heute bekommen. Ein Gedicht von Rilke und das per Flugpost.«

»Wow, Mary, das ist ja ein wunderbares Geschenk! Auf geht's, schnall dich an!«

Vor der Werkstatt angekommen sehen wir die bunten Lichterketten, die Otto aufgehängt hat. Ich öffne die Tür der Werkstatt und sehe Geiira, Oma Kettchen und Otto, wie sie singend an der Werkbank stehen, wo der kleine, bunt geschmückte Tannenbaum steht. Otto hat die Gitarre umgeschnallt und spielt. Was spielt er?

(Quelle: Rainer Maria Rilke: ‚Mir zur Feier. Eine Auswahl [1897-1898]' »Du musst das Leben nicht verstehen«)

‘Ein kleiner weißer Schneemann …’ Ganz schnell sind die Bilder vom Waisenhaus wieder in meinem Kopf und ich stelle mir gerade vor, wie die kleine Nannette mit ihrem Polzeiteddy kuschelt.

Tja, es ist Weihnachten. So, jetzt aber ran an die Geschenke, Mary, sonst wirst du noch sentimental. Oma Kettchen freut sich total über ihren Fleischwolf, sie hat angeblich keinen mehr. Sie hat ihren mal verliehen und weiß nicht mehr, an wen. Geiira hält stolz ihr Buch über die Quantenphysik in Händen und sagt:

»Mary, du bist wirklich klasse, ich werde es ganz gespannt lesen und beim nächsten Pastis mit dir darüber diskutieren.«

»Ja, das machen wir«, sage ich und nehme sie in den Arm. Ich spüre, dass auf einmal Otto hinter mir steht. Ich drehe mich zu ihm um und sehe, dass auch er ein kleines Geschenk für mich in den Händen hält. Er schaut mich mit seinen wunderschönen blauen Augen ganz verträumt an und sagt:

»Liebe Mary, frohe Weihnachten, fahren soll deine DS für immer, ich gestehe, manchmal habe ich keinen blassen Schimmer. Aber diese Zündkerze klein wird zur Hilfe stets dein Begleiter sein.«

Oh Mann, kein Verdreher. Ein richtig romantischer Reim, sofern ich das als romantisch durchgehen lasse.

Ah, Oma Kettchen hat mir und allen anderen übrigens eine Riesentüte Weihnachtsgebäck geschenkt.

»Nächstes Jahr backen wir gemeinsam mit dem Fleischwolf«, sagt sie liebevoll zu mir, als würde sie ahnen, dass ich mich mit ihr noch über das Foto am Tatort unterhalten muss. Aber nicht heute, sagt meine innere Stimme. Ich schaue kurz zu Matze und der nickt. Wir verstehen uns mal wieder ohne Worte.

Otto hat die neue Kuckucksuhr schon aufgehängt. Sie hängt jetzt über dem Weihnachtsbaum auf der Werkbank.

So, jetzt bekommt Matze noch die Taschentücher.

»Matze, frohe Weihnachten!«

»Danke, Mary, Mensch, das gibt's doch nicht, Baumwolltaschentücher mit Karomuster! Die sind wunderschön und frisch gewaschen! Danke.«

»Ich glaube, bei unserem nächsten Fall solltest du vielleicht mehrere in der Hosentasche haben.« Wir müssen beide lachen.

»Mary, ich habe auch was für dich«, er zieht ein zusammengefaltetes, zerknittertes Stück Papier aus seiner Jackentasche und sagt: »Das hat mir Schwester Benedikta zugesteckt, zusammen mit diesem kleinen Holzengel. Sie hat gesagt, ich möchte dir den Engel und das Bild bitte schenken.«

Ich falte das Papier auf und lese noch einmal die Worte von Kinderhand geschrieben: *Wenn ich groß bin, werde ich ein Engel.* Der gemalte Engel unter dem Geschriebenen hat große Flügel und lächelt. Um den Engel herum tanzen viele Punkte. Es ist, als habe das Kind Schneeflocken gemalt …

Bevor ich es vergesse, liebe Leserinnen und liebe Leser, denkt daran, Weihnachtsgeschenke sind nicht teuer, sondern gefüllt mit Liebe, und der Moment ist das Wichtige. Ob ich noch was zum Klugscheißern weiß, ja klar. Aber das klären wir im nächsten Fall. Auch den Brief meines Lieblingsverbrechers, der mir seinen Hut vererbt hat.

In diesem Sinne »Frohe Weihnachten« und bis zum nächsten Fall. Wir sind dann ja schon per Du.

Liebe Weihnachtsgrüße
Deine

Wenn Mary ihre Fälle gelöst hat , braucht sie, wenn nicht gerade eine Weihnachtsparty bei Otto ansteht, erstmal Zeit für sich und dann schreibt sie am liebsten Gedichte. Meistens sitzt sie beim Schreiben, auf ihrer Eckbank in der Küche mit Blick in den Garten. Seit ihrem letzten Fall steht ein kleiner aus Holzstückchen gebastelter Engel auf ihrer Fensterbank und daneben liegt ein zusammengefaltetes Blatt Papier, um das sie ein rotes Schleifchen gebunden hat.

Ausweg aus der Traurigkeit

von Mary Plotfire

Erstaunlich »wie viel«
wir ertragen können,
erfahren wir von
des anderen
oder des eigenen Leid.
Das Weinen
laut oder leise,
ist eine Erleichterung,
gibt Kraft, befreit.

Oft fragen wir
warum die Geschichte
dieses Lebens
nicht verläuft ohne Umweg,
Gefahr –
Steine, Geröll, kein Weg
vielleicht nur ein Steg
dunkel –
und geheimnisvoll.

Es gibt eine Kraft
vollkommen und unendlich
sie blüht
schenkt Hoffnung und Mut –
es ist nicht wichtig
der Gewinner zu sein
bestehen, erleben
das sich vielleicht
kleine Wunder erheben.

Die Liebe, sie ist es
trägt jeden von uns im Arm,
aber wir
wir glauben, wir sind unendlich
und fegen
durch diesen so kleinen Moment
dem wir liebevoll gegeben
den wunderschönen Namen
Leben.

Danksagung

Begegnungen sind die Äste meines Lebensbaumes !

Liebe Äste, jeder von Euch weiß,
wie er mit mir verbunden ist.

Ich danke Euch allen für Euere Kraft, Liebe
& Euer Verständnis.

Ein besonderer Dank gilt meiner Verlegerin Patricia Knorr-Triebe, die für mich von der ersten Sekunde an eine treue Wegbegleiterin auf meiner Reise zu Mary war.

Elisabeth Brück

Elisabeth Brück, geboren 1972, ist Schauspielerin,
Abenteurerin und mit ganzem Herzen Saarländerin.
Ihre persönlichen Abenteuer hat sie in den letzten 20 Jahren
auf der Bühne und in verschiedenen Filmproduktionen
gesammelt.
Der Impuls zu schreiben, um zu reisen und nicht zu reisen
um zu schreiben, inspiriert die Autorin und treibt sie an.
Sie liebt Sprachen, Sport und engagiert sich für soziale Projekte.
Seit 2013 ermittelt sie in der ARD
als Hauptkommissarin Lisa Marx im Tatort.